← Stokes Croft
St James Barton Car Park →

"Here I'm allowed everything all of the time..."

— Radiohead, "Ideoteque"

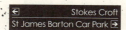

Prologue "On the Wall"

それまで存在しなかったものが突然あらわれて、自分の信じていた景色が、まったく変わってしまうことがある。

たとえば、街の壁に描かれた絵。

あるいは、不意に投げかけられた言葉。

もしくは、誰かとの出会い。

俺の場合、それは、霧の中の幽霊《ゴースト》だった。

「ここ、どこだろう……」

一言で言えば、俺は迷子だった。

大学生にもなって迷子とはまったく情けない話だ。とはいえ、止《や》むを得《え》ない事情もある。

なにせここは、異国の地なのだ。

イギリスのロンドンから西に二時間行ったところにある川沿いの港街、ブリストル。ここにあるブリストル大学に留学してきたのは、つい先日のことだ。

上下して交差する、石畳の坂道。複雑に入り組んだ、煉瓦《れんが》の家が並ぶ通り。慣れてしまえばどうということもないその道も、日本の景色しか知らない俺にとっては、ほとんど迷路も同然だった。

ちょっとした手続きを済ませに、大学の関連施設に行ったところまではよかった。問題は帰りに、スマートフォンの電源が切れてしまったことだ。そのときの俺は、イギリスにはなんでも売っているコンビニエンスストアという概念がないことを、まだ知らなかった。

さらに悪いことに、あたりには霧が立ち込めていた。このあたりでは霧は稀《まれ》だと聞いていたのに、来て早々その稀《まれ》な日にぶつかってしまうとは、まったく不運なものだ。

この状況では迷ってしまっても仕方がない。

問題は、どれだけ自分に言い訳しても、帰り道がわからないことだ。

「どの道も、一緒に見えるもんな……」

多分こっちのほうだったろう、という方向に進めば進むほど、見覚えのない景色ばかりが目の前に現れる。もちろん、見覚えのある場所なんてほとんどない。当然といえば当然なのだが、とにかく心細いことこの上なかった。

俺は気持ちを落ち着けるべく、眼鏡を拭いて、掛け直す。しかし当然、それで帰り道が見えるようになるわけでもない。

ぐるぐると歩き回って、いよいよ自分がどこにいるのかもわからなくなり、やがて細い道に入り込んでしまったことに気づく。

煉瓦《れんが》の壁を伝っていって、道を進んだ、その先の行き止まり。

霧の奥から、現れたのは。

口から血を滴らせる、一匹のライオンだった。

本能的に身構える。

鼓動が速くなる。

しかしそれが、煉瓦《れんが》の壁に書かれた色褪《いろあ》せた絵であることは、すぐにわかった。

「なんだ……絵か」

俺は胸を撫《な》で下《お》ろす。

よく見れば、それほどリアルに書かれた絵ではない。それでも驚いてしまったのは、そこからなにか得体の知れない、エネルギーのようなものが伝わってきたからだ。

情熱。

執念。

あるいは、魂。

引き寄せられるように近づくと、霧の中から、もうひとつのシルエットが浮かび上がる。

壁の前に、なにかが立っている。

それはライオンの絵を見上げている、人のようだった。

背中まで伸びる長い金色の髪。

白いスカートの裾は、透き通るようだ。

妖精か、天使か、あるいは、幽霊?

今すぐにでも、ここから消えてしまいそうな雰囲気。

見ているだけで、なぜか心臓を摑《つか》まれたように、苦しい。

俺が動けずにいると、その人影は、おもむろに左手を上げた。

手には、なにかが握られている。

……スプレー缶?

それを見て、俺は安堵《あんど》した。

目の前の姿が、この世ならざる者ではなく、生きた人間であることがわかったからだ。

「あの、すみません」

ようやく俺の体は、声を発する。

とにかく、道を聞きたかった。

しかし、わずかに人影が振り向いた、次の瞬間。

俺の目の前に、なにかが飛んでくる。

「うわっ」

とっさに身を庇《かば》う。なにかが腕に当たって、石畳に落ちる。ガラガラと転がる音が、あたりにこだまする。
それはさっきまでその人影の手にあった、スプレー缶だった。
俺が顔を上げると、その人影は、どこにも見当たらなかった。
あとかたもなく、消えてしまった。
そんなはずはない。
ここは、行き止まりのはずなのに、どうして。
……まさか、本当に、幽霊？
俺は屈《かが》んで、足元に転がったスプレー缶を拾う。
銀色のその缶には、94、と書かれていた。

Chapter 1
"To the Pit"

彼女はいつも、その椅子に座っている。

俺が住んでいる学生寮のマナー・ホールは、ブリストルの西側にある。

敷地《しきち》の門を出ると、ローワー・クリフトン・ヒル通りの石畳でできた急な坂を下っていく。

誰も信号を守らない横断歩道を渡って、ブリストル大学の一番大きな建物、まるで教会かお城みたいなウィルス・メモリアル・ビルディングの前を通り過ぎたら、今度はなだらかに下るパーク・ロウ通りを歩いていく。

くすんだ木と錆《さ》びた鉄でできた本物のライフルを並べる骨董《こっとう》品店と、スケートボードとスニーカーを並べるアパレルショップの脇を通って道路を渡ると、古びた長い階段が姿を現す。十四世紀からここにあるらしい、クリスマス・ステップと名付けられたその階段を下りて少し歩けば、外套《がいとう》を着て馬にまたがった銅像に出くわす。

そのほど近く、そろそろ街の中心に近づいて活気が出てくるかな、というあたりのところに、その小さなゲームショップ〈エイト・ビット・ワールド〉はある。

ショーウィンドウの中では、紫外線で色あせた数年前のポスターの隣で、人気キャラクターのぬいぐるみが埃《ほこり》をかぶっている。手が回らずそのままにしてきたが、今日こそはどうにかしたい。

そのためには、やはり、彼女と話をしなくてはならない。

決意を固めて眼鏡を指で押し上げると、俺はドアを開ける。

「おはようございます《グッド・モーニング》、ブーディシアさん」

レジカウンターの安い椅子に座った彼女は返事もしないまま、気怠《けだる》げにこちらに視線を向ける。きつい吊《つ》り目の中に浮かぶ、灰色がかった青い瞳が俺を捉えて、高い位置でざっくりと結んだ長い金色の髪が、差し込む日の光で透ける。

彼女がこちらを見るたび、サバンナで水を飲む美しいライオンと目が合った動物写真家のような気持ちになる。俺は悟られないように心のなかでそっとシャッターを押して、それからおそるおそる話しかける。

「掃除、終わりました？」

「まだ《ノット・イエット》」

俺が尋《たず》ねて、ブーディシアが答える。いつものやり取りだ。しかし毎回こう聞くことにしてはいるものの、彼女にとって、まだ、というのは、これからやる、という意味ではないのだ。

俺はバックヤードに行って、はたきを取って戻ってくる。

彼女はレジカウンターに頰杖《ほおづえ》をついて、ぼーっとしている。俺は小さくため息をつくと、これからの展開をだいたい予想しながら、声をかける。

「ブーディシアさんも、掃除、しませんか」

そう切り出すと、ブーディシアの鋭い目が俺を射抜く。それから眉をきゅっと寄せると、白い歯が規則正しく並ぶ口を開いた。

「はあ？　いちいちうっせーな」

そしてそのまま、嚙《か》みつくように言葉を続ける。

「お前あたしのおかんかよ。その割にはパイのひとつも焼いてもらったことねーけどな」

「はあ、パイですか。料理は好きですけどね」

今回はそう来たか、と思いながら、俺は言葉を返す。

「そういうことじゃねーよ。日本人《ジャパニーズ》は機知《ウイット》がなさすぎ」

「その理屈だと、イギリス人《ブリティッシュ》は掃除が苦手ってことになりますね」

「なんだそれ意味わかんねー」

「どっちも過度な一般化《オーバー・ジェネラリゼーション》でしょう」

「……ヨシ、お前、マジでムカつく」

「それはお褒めの言葉《コンプリメント》をどうも。それじゃ、ブーディシアさんは棚をお願いしますね」

「やらねーよ。それに、名前で呼ぶなっつってんだろ。ブーでいいよブーで」

彼女は俺の話は聞かずに、自分の要求《リクエスト》だけを一方的に突きつけてくる。確かに以前にも同じことを言われた。しかしなんとなく否定的で、呼びにくいニックネームではある。

「ブーディシア、いい名前だと思いますけど」

「やだって言ってんの！」

彼女は腕を組んで口を尖《とが》らせ、そっぽを向く。俺はその子供っぽい仕草に苦笑するが、まあ、本人が拒否するのに、どうしても名前で呼びたいわけでもない。

「それでは、ブーさん」

「やりゃできんじゃねーか」

「これで棚の埃《ほこり》をお願いします。俺はショーウィンドウをやりますから」

俺ははたきを差し出すが、ブーディシアは受け取らない。

「あたしがショーウィンドウでもいいじゃん。そっちのほうが楽そうだし」

「いえ、ディスプレイを入れ替えようと思っているので……ブーさん、できます？」

このアルバイト先の先輩は、驚くべきことに、俺よりずっと店のことを知らない。

「わかったよ、棚でいいよ棚で。やりゃーいーんだろやりゃー！」

ブーディシアは悪態を重ねながら、左手を伸ばしてはたきを引きちぎるように取る。そう、彼女は左利きだ。ガチャンガチャンと大きな音を立てて踏み台を乱暴に置くと、その上に乗って嵐のような勢いで埃《ほこり》を吹き飛ばしていった。

もうちょっと丁寧に扱ったほうがいいと思ったけれど、多分それを言うとはたきが俺の顔面に飛んでくることになるので、さしあたってはこれでよしとすることにした。

こんなやり取りにも、随分慣れたものだ。

はじめこそ、その可憐《かれん》な外見からは想像もできない強烈な口の悪さと皮肉には驚いたものだ。

けれど会話の練習にはもってこいで、この一ヶ月で劇的に英語がうまくなったのは、彼女のおかげというか、彼女のせいだというところもかなりある。

俺がブリストル大学に合格して寮に引っ越してきたのは、九月はじめのことだ。それまでは日本の大学にいたのだが、一度日本を離れてみたくて留学を決めた。入学できたのは、まったく奇跡というほかない。もちろん、日本の大学に比べれば入ってからのほうが格段に大変ではあるのだけれど。

どちらかというと経済的な問題のほうが大変だった。幸い奨学金ももらえてはいるが、留学はとにかく物入りだ。そこでできる範囲でアルバイトをしようと思って見つけたのが、このゲームショップだった。初めて来た海外でいきなり働くというのはなかなかハードルが高かったけれど、見慣れた日本のゲームキャラクターがたくさん並んでいるのを見て、ようやく決心がついたのだった。

俺が初めてこの店のドアを開けたときも、ブーディシアはレジカウンターの椅子に座っていた。輝く髪、上を向いた睫毛《まつげ》、透き通った瞳、小さな顔、そしてびっくりするくらい長い手足。最初は映画に出てくる女優かと思ったくらいだが、そのときは、口を開けばこのありさまだとは知らなかった。

ちなみにファッションモデルだと思わなかったのは、真っ赤なオーバーサイズの前開きパーカーに、黒いぴったりしたスポーツ用タイツ、履き古したアンバランスなくらい大きなスニーカーというラフな出で立《いた》ちが、さすがに俺の目から見ても服に気を使っているとは思えなかったからだ。

とはいえ論理的には、彼女が女優やモデルだという可能性も、ないわけではない。俺がこの店で働きはじめてから一ヶ月ほどになるが、彼女について知っていることはほとんどない。身の上についてわかるのは、俺が店番に入るといつもいるから、主にここで働いているのだろう、ということとくらいだ。女性の、しかもイギリス人の年齢なんて正直よくわからないが、多分俺と同じくらいなのではないか、と勝手に思っている。

「なに見てんだよ」

「あ、いえ、フィギュアを持ち上げてはたきをかけないと、埃《ほこり》が取れないな、と」

掃除をする後ろ姿に見とれていたことを悟られないように、俺はごまかす。

「いちいちうっせーな！　今やるところなの！」

そう言い返す彼女の声は、びっくりするくらい、透明な響きをしている。叫んでも、怒鳴っても、濁ることがない。実に不思議だと、聞くたびに思う。

怒りながらも、ブーディシアはちゃんと右手でフィギュアを持ち上げる。

「うわっ、とっ、とっ」

ところがフィギュアは手に引っかかって棚から落ち、摑《つか》もうとしたブーディシアの右手の上を跳ねる。一度、二度、そして三度目、なんとか手のなかに収めたのも束《つか》の間《ま》、今度は手を伸ばしすぎた彼女自身が、前のめりに倒れ込む。

　受け止めようと思ったが、悲鳴が聞こえたときには、彼女はガラガラと大きな音を立てて、フィギュアと一緒に床に転がっていた。

「きゃっ！」

「大丈夫ですか、ブーさん」

「お前のせいだからな！　あたしに掃除させるのが悪い！」

「無茶すぎませんか、その理屈」

　ブーディシアは、白いというより透明な肌を赤らめて、理不尽な怒りをぶつけてくる。

　美人かと思えば気性が荒く、かと思えばちょっと不器用なところがあって、よく物を落としたり、たまにこうして自分が落ちたりする。ひょっとしたらそれが自分でもわかっていて、棚の掃除がしたくなかったのかもしれない、と思い至り、俺は少しだけ反省する。いや、でも掃除はしたほうがいいのだけれど。

　ともあれ、無事でよかった。俺は床に座ったままのブーディシアを起こそうと、手を差し出す。しかし彼女はわざとそれを無視して、自力で立ち上がった。

　こうなると、ライオンというより、プライドの高い野良猫のようだ。どこか謎めいているところも似ている。俺がそれなりに忙しい勉学の合間を縫ってついついシフトを入れてしまうのも、なんだかこの人の様子が気になるからだった。それは、近所の野良猫がいる場所に足繁《あししげ》く通ってしまうのに、少し似ている。

俺は行き場を失った手で、代わりに床に落ちたフィギュアを拾う。

ちょうどそのとき、ドアについたベルが、ちりんちりんと高い音を鳴らした。

「いら《ハ》っしゃ《ィ》いま《ャ》せ。……ああ、ジョージさん」

「やあ、ヨシくん。おはよう」

愛想のいい笑顔と柔らかい声でそう挨拶すると、ジョージはすらりと長い指のついた手をふわりと上げた。

「うわ、嫌なやつが来た。回れ右して帰れパセリ野郎」

「ご挨拶だね、ローストビーフちゃん」

「うっせー、誰が肉だ。てめーを焼くぞ」

ジョージはこの店の常連客だ。常連といっても、日中ふらりと来ては、特になにを買うわけでもなく、こうしてブーディシアと言い合いをして去っていく。

高い背を生地のいいスーツで包んだいかにも英国紳士といった外見で、上からレインジャケットを羽織った気取りすぎないところもかえって洒落ている。穏やかな口調と優雅な身のこなしは、なんだか大きな犬を思わせる。そういう意味では、ブーディシアとは対照的な人だった。けれど不思議と似た雰囲気もあって、年の離れた兄、と言われたら、信じてしまうかもしれない。

ブーディシアはなぜかいつも嫌がっているが、俺としてはジョージから世間話を通じてイギリスの様子を知るのは、今やここに来る楽しみのひとつでもあった。

「あーもう、なんであたしの周りはこんなのばっかなんだよ」

「シンデレラ読んだことないのかい？　態度の悪い姉は王子様とは結婚できないんだよ」

ブーディシアの当たりの強さもひどいものだが、ジョージの切り返しもなかなかだ。様子から察するに、古い知り合いか親しい友人なのだろう。

「そっちこそ知らねーようだな。いじわる狼《おおかみ》は赤ずきんにぶっ殺されるんだぜ」

ブーディシアはニヤリと笑うと、赤いパーカーのフードを被《かぶ》って爪を立てる仕草をする。どう見ても赤ずきんと狼《おおかみ》が混ざってしまっている。

「そんな暴力的な話でしたっけ」

「そうだよ。だからずきんが赤いんだろ」

「絶対に違いますよ」

「あ、そういえばさ。さっき入ってくるとき見たんだけど」

ジョージは思い出したように親指で肩越しにドアを指差す。

「店のガラス、落書きされてたよ」

「え、本当《リアリー》ですか？」

「本当《リアリー》さ」

俺は急いで外に出ると、ショーウィンドウを見渡す。

落書き？　そんなものあるわけがない。だってさっき俺が来たときには……。

しかし、確かにジョージの言う通りだった。

ガラス窓の右下。その隅に、青緑色の不気味なガイコツが描かれていたのだ。大きな帽子を被《かぶ》ったガイコツは、ボートの上で、槍《やり》のようなものを振り上げている。その表情は、なんだか笑っているように見えた。サイズはだいたい広げた手の平におさまるくらいだろうか。小さいが、精巧な絵だった。

「こんな絵、いつの間に……」

俺が片膝をついてその落書きを観察していると、左からガシャリとドアを開ける乱暴な音がした。

「これか。……ナメた真似《まね》しやがって」

店から出てきたブーディシアは俺の隣にかがむと、握った左手を伸ばしてガイコツをノックするように叩《たた》いた。てっきり激怒するものと思っていたが、意外に落ち着いた様子だ。急に顔が近づいてきて肩が触れたので、俺はどぎまぎしながら半歩右にずれる。

「いったいなんでしょうね、この絵」

奇妙だった。突然出現したとしか思えない。論理的には、そんなはずはないのだが。

ブーディシアは無言で俺を見る。ぱちぱちと数度まばたきするのにしたがって、長い金色の睫毛《まつげ》が上下した。

「……あのさ、悪かった」

「え？」

「機知《ウイット》がないって言ったの、気にしたんだろ。真面目はお前の取り柄だよ、うん。こう言っちゃなんだけどさ、その冗談《ジョーク》、マジでつまんねーからもういいって。ごめんな」

話が見えない。どういうことだろう。

「いや、別に冗談ではないんですけど」

「こんなのよくあるグラフィティだろ」

「グラフィティ」

突然登場した思いもかけない単語を、俺は思わずそのまま繰り返してしまう。

「……マジで《シリアスリー》？　グラフィティ見たことねーの？　そんなことあるかよ」

「聞いたことはある気がするんですが……」

俺は正直に答えるが、ブーディシアは納得がいっていないらしい。

「いっぱいあるだろその辺に！　スプレーとかでさ、こう、シャシャって！」

少し考えてみたけれど、心当たりはなかった。

「ローストビーフちゃん、その説明じゃ、ヨシくんもわからないと思うよ」

そんな声が聞こえてブーディシアの肩越しに目をやると、ジョージが笑いながら店内から出てくるところだった。

「どう考えても目に入らねーほうがおかしい！」

立ち上がってブーディシアが言うと、金色の髪が遠心力でさらりと揺れた。しかしジョージはそんな反論も意に介さない。

「気にしていなければ、そんなものだよ。むしろ僕は、興味を持ってくれたことのほうを嬉《うれ》しく思うね。いいかい、ヨシくん。グラフィティっていうのはね……」

まるで水を得た魚のように、ジョージはグラフィティについて嬉々《きき》として語りはじめる。

スプレーやペンを使って、街の壁などに書くアートであること。

最初は本当に落書きだったこと。

70年代に本格化し、90年代にピークを迎えたこと。

ニューヨークを中心に、世界中で発展したこと。

本来はヒップホップ・カルチャーの一部であること。

多くの場合、犯罪であること。

そのほとんどすべてが、俺にとっては、未知の情報だった。

「グラフィティはね、自分のニックネームを落書きするところから始まって、その文字がどんどん派手になっていったというのが定説なんだ。だから〈描く《ドロー》〉でも〈塗る《ペイント》〉でもなく、〈書く《ライト》〉って動詞を使うんだよ。グラフィティを書く人も〈ライター〉だね。敬意を込めて、グラフィティ・アーティストっていうこともあるけれど」

百科事典のように情報をすらすらと並べていくその知識と教養に、俺は圧倒される。

「ジョージさんはグラフィティが好きなんですね」

「グラフィティに限らず、アートはなんでも好きだよ。小さい頃からね。ブリストル美術館は僕の家《ホーム》みたいなものさ」

「ずいぶんカビくせー家だけどな」

「美の追求の歴史を馬鹿にしたものじゃないよ。もう少し敬意を払いたまえ」

「でさ、ここブリストルは、そのグラフィティの聖地なんだぜ」

ブーディシアはジョージの言葉を無視しつつ、得意げに腰に手を当て、胸を張った。ジョージは特に気を悪くすることもなく、頷《うなず》いて続けた。

「グラフィティが有名な街なら幾つもある。ロンドンだってそうだし、パリやメルボルン、それにベルリンの壁の跡だってそうさ。でも、このブリストルは、グラフィティの世界ではもっとも有名なアーティストを輩出している。そういう意味では、特別な場所なんだよ」

「もっとも、有名な……」

「そ。あいつだよ。バンクシー」

反応しない俺を見て、ブーディシアはやれやれといったふうに腕を広げる。

「知らねーって顔してんな」

「いや、まあ……」

言いよどむ俺の様子を見て、芝居がかった調子でジョージが説明する。

「バンクシー。神出鬼没の覆面アーティスト。その正体は誰も知らない、謎めいた存在さ。わかっているのは、ブリストル出身だということだけ。にもかかわらず、彼の作品は世界中で高く評価されている。世界最大のアート・オークションのひとつ、サザビーズで落札された彼の作品が、いったい幾らになったと思う？　100万ポンドさ」

「ひゃく……まだ生きている人ですよね？」

日本円にするなら、おおよそ1億5000万円。想像を絶する額だ。

「そう、そこがバンクシーのすごいところだ。価値を創り出す天才だよ。でも本当にすごいのはここからさ。なんと彼は、落札直後にその作品を……」

「あー、もういいよ。ジョージはホント、バンクシー好きな」

もう飽きた、というふうに、ブーディシアが遮る。俺が聞くのは初めてだが、きっとふたりにとっては何度もしているやり取りなのだろう。

「そりゃそうだよ。あんなインパクトを持った存在は、美術史上でも稀《まれ》だよ。アンディー・ウォーホルやマルセル・デュシャンにも比肩する。ブリストル出身なら、ダミアン・ハーストと並ぶ双璧さ。僕は彼と同じ街に生まれたことを誇りに思うね」

そんな存在が、今自分がいる街で暮らしていたとは、なんとも不思議な感じがした。

「ひょっとして、これもバンクシーだったりします？」

俺はグラフィティを指差して、一応聞いてみる。

「いや、さすがにねーな。あいつはもう、この辺には住んでねーし。ま、ブリストルでもたまには書いてるみたいだけどさ」

答えは予想通りだったけれど、もしこれが本当にバンクシーでも、俺はきっと気づかないだろうなと思った。

「なににしても、ここに書かれるのは迷惑ですよね」

「さすがの僕も、これはアートというほどでもないと思うかな」

ジョージは口の端を下げ、肩をすくめる。

「まったくだ。消させてやりてーとこだが……」

俺はブーディシアの発した言葉になにかひっかかるものを感じて、その違和感をゆっくりと手繰り寄せる。

「ブーさん」

「なんだよ」

「ひょっとして、犯人が誰か、わかっていたり、しません？」

「な……」

彼女は信じられない、といった顔で、俺を見る。俺はその表情を見て、自分の推測が正しかったことを確信する。

「俺はどうやって消そうか、と思っていました。事故か災害みたいなもので、誰かがやった、という意識がなかったので。でも、ブーさんは違った。消させてやりたい、と言いました。やろうと思えば犯人まで辿《たど》りつけるのではないかな、と」

「くそっ、細けーとこばっか気にしやがって。バラの品評家かお前は」

ブーディシアの妙に洒落《しゃれ》た罵りを聞いて、ジョージが大声で笑った。

「鋭いね、ヨシくん！　君の負けだよブー。これはもう、話さないわけにはいかないいんじゃないか？」

「どうなんですか、ブーさん。誰がやったんですか」

俺は聞いてみたかった。こんな、いつ書いたかもわからないグラフィティの犯人を、果たして特定できるものだろうか。

「あー、もうしょーがねーなー。……言っとくけど、全部はわかんねーぞ」

気乗りしなさそうに、ブーディシアはそのグラフィティを指差す。

「いいか、よく見ろ。グラフィティは普通スプレーで書くんだが、こいつはスプレーで直接書いたんじゃねー。それにしちゃ細かすぎるだろ」

「確かに」

俺は眼鏡を直し、顔を寄せて確認する。

「ほら、ここ。ちょっとボケてる。切り抜いた型紙を使って、上からスプレーを吹いてんのさ。ステンシルってやつだな」

「そうか、それなら一瞬で書けますね」

答えがわかればシンプルだ。だが、シンプルであるからこそ、驚いた。そんなこと、考えもしなかったのだ。

「多くのグラフィティは犯罪だからねえ。のんびり書いていられないのさ。素早く書くテクニックはいろいろあるんだ」

確かに、書かれた方は迷惑極まりない。器物損壊《ヴァンダリズム》、ということになるのだろうか。

ブーディシアは、改めてガイコツのグラフィティに顔を近づける。

「こいつ、絵はそこそこうまい。この調子なら100は書いてる。ここまで書けるやつはブリストルでもそうはいねー。でも細かいところのペイントの入り方が甘いんだよ。絵そのものの技術と釣り合ってねーんだ、ステンシルは本来の作風《スタイル》じゃねーんだろうさ。このツヤ《マット》なしの低圧《ロープレッシャー》は、多分モンタナ。それは普通にしても、色がベリル・グリーンってのが妙だ。ステンシルは黒とか赤で書くことが一番多い。わざわざこんな色を使うのには理由があるだろうな」

情報量が多すぎる。身構えて聞いていたつもりだが、反芻《はんすう》してみても半分もわからなかった。

それでも、最後の言葉は気にかかる。

「理由、ですか」

「あらかた誰かにステンシルを渡されて、この色で書いてこいって命令されたんだろ」

「複数犯、ということですか？」

「ああ。ひょっとしたら二人組かもしれねー。ひとりがステンシルを押さえて、ひとりがスプレーを吹く。そっちのほうが速く書けるからな」

俺はなるほど、と感心した。このグラフィティから、そこまでのことがわかるなんて。

「すごいですよ、ブーさん。まるでシャーロック・ホームズじゃないですか」

せっかくイギリスに来るからと読み込んでいた小説の主人公の名前が、口をついて出てしまう。

「ほ、ホームズ？　いや、そんな、こんなの誰でも見りゃわかるし……」

ブーディシアはそう言いながら右手をポケットに突っ込んで、左手の指先でパーカーの紐《ひも》をくるくると巻く。俯《うつむ》き気味に目線を外して口を尖《とが》らせる表情を見て、俺は、こんな顔もするんだな、と思った。

「ブーがホームズなら、さしずめヨシくんがワトソンといったところかな。顧問探偵《コンサルタント・ディテクティブ》ならぬ、落書き探偵《グラフィティ・ディテクティブ》というわけか。なかなかいいコンビじゃないか」

ジョージはどこか満足そうに、ブーディシアと俺を順番に指差した。俺にワトソンほどの存在感があるかはともかく、ブーディシアの洞察力に驚いたことは確かだ。

「で、犯人は誰なんです」

「しつけーな。言ったろ。あたしも全部はわかんねーって」

「ごまかさないでください。突き止める方法はあるんでしょう」

「なんであたしを問い詰めてんだよ！」

犯人が誰かも気になるが。

なにより気になったのは。

この、バイト先の美人だけれど態度の悪い先輩が、いったい何者なのか、だった。

「いいから教えてください」

「あーもう！　わかった！　わかったよ」

ブーディシアは両手を上げて言った。多分〈まいった〉と〈もうたくさんだ〉の両方の意味合いがあるジェスチャーだろう。

「ま、ナメられっぱなしってわけにもいかねーからな。落とし前つけさせるのも悪くはねーか」

「じゃあ……」

「ああ。これをやったやつをシメに行く」

俺は内心、小躍りした。

「そうと決まれば、君たち、今すぐ行くしかないね」

ジョージは新しいおもちゃを手に入れた子供のように微笑んだ。

「でも、さすがにまだバイト中ですから……」

「あー、もう融通効かねーな。そういうときはな、イギリスじゃこうすんだよ」

ブーディシアは店の中に入り、そこにあったペンで適当な紙になにかを走り書きすると、すぐに戻ってきて、手に持った紙をテープでドアに貼った。

「これでよし」

そこにはめちゃくちゃな字でなにかが書かれている。

「……なんて書いてあるんです？」

「は？　読めるだろ！」

「いや、ちょっと……」

俺は顔を近づけてみるが、いっこうに読めない。想像を絶する字の汚さだ。イギリス人は概して字にこだわりがないが、それにしてもひどすぎる。

「これは〈ランチ休憩《アウト・トゥ・ランチ》！　一時間で戻ります《ビー・バック・イン・ワン・アワー》〉だね」

不満そうなブーディシアをよそに、ジョージが横から読み上げる。

確かに、どこかでそんな張り紙を見たことがあった。まさか、そんな自分勝手な理由だなんて。もちろん全部が全部そうではないのだろうけれど、一時間後に行っても開いていないことがあった理由はわかってしまった。

というか、読めないと張り紙の意味がないのでは。

あらゆる水準の適当さに俺が呆然《ぼうぜん》としているうちに、ブーディシアはガチャリと店のドアの鍵を閉めた。

「なにボーッとしてんだよ。行くぞ、ヨシ」

「いやはや、ブーが人の言うことを聞いて動くとはねえ」

ジョージは笑いをこらえながら、俺たちを交互に見比べる。

「あたしが言うこと聞いてんじゃねー。ヨシが人の話を聞かねーんだよ」

「これ以上ないほど耳を傾けてますけど」

「そういうとこだよ！　そういうとこ！」

「ま、犯人がわかったら、ぜひ教えてくれたまえ。それじゃふたりとも、幸運《グッドラック》を祈るよー」

手を振るジョージを後にして、悪態をつきながらも、ブーディシアは歩き出す。俺は彼女に置いていかれないように、後に続いた。

いったい、これからどこに行くのだろう。

なにが起きるのだろう。

俺はこの奇妙な体験に、心が躍るのを感じていた。

まるでガイドについて未知の世界に分け入っていく冒険家みたいに、俺は意気揚々と、ブーディシアの背中を追いかけていった。

「あの、ブーさん」

「あ？」

「これは無理です、やめておきましょう」

無言のブーディシアの後ろを20分ほど歩いて、ついたのは画材店だった。

画材店といっても古びた感じはなく、大きなガラス窓から店内がよく見え、明るい色の木の棚に商品が整然と並べられた、洒落《しゃれ》た雰囲気の店だった。

看板には、四角く黒い文字でこう書かれている。

〈さあ、この街をアーティストで満たそう《レッツ・フィル・ディス・タウン・ウィズ・アーティスツ》〉

大きく書かれたそのメッセージは、立ち並ぶショップのなかでもひときわ目立っていた。実に力強いフレーズだ。まさかこれが店名ではないとは思うが、看板はほとんどこのメッセージで埋まっている。

俺は迷いなくガラスのドアを開けて入っていくブーディシアに続いて、店内に入る。

店の中の空気は、絵の具の匂いがした。棚には見たこともないようなさまざまな画材が並んでいる。そのすべて、ひとつひとつに異なる用途があるのだと思うと、圧倒される。

見慣れないものばかりの店内に、俺はひとつ、見覚えのあるものを見つけた。
94、と書かれた、スプレー缶。
そう。

あの日拾ったのと、同じものだ。

ただ、違うのは、その量だ。

同じ数字が書かれた銀色の筒が、棚に大量に並んでいる。何列にも渡って一面を埋め尽くしていて、まるでそれ自体が壁になっているようだ。

よく見ると、缶の上の方にそれぞれ違う色がついていた。

「これって……」

「ん？　スプレーだよ。グラフィティに使うやつ」

俺が不思議そうな顔をしているのを見て、ブーディシアが説明する。

「幾つあるんですか？」

「１８９色」

「ええっ」

想像よりずっと多い数に、俺は驚く。俺が知っているのは、子供のころ買ってもらった色鉛筆の24色が最大だ。そもそもそんなにたくさん色の名前を言える気がしない。

「94だけだぞ。モンタナだけでもハードコアとかウォーター・ベースド入れりゃもっとあるし、あっちにはベルトンもフレイムもある」

言っていることはよくわからなかったが、とにかくたくさんあるということだけは、十分すぎるほどに伝わってきた。

ブーディシアは迷うことなく、レジカウンターのほうに歩いていく。

行く先に目を向けると、スプレーで埋め尽くされた棚とレジカウンターの間に、屈強な男が立っていた。

きれいに剃《そ》り上げられたスキンヘッドが、陽光に晒《さら》して溶けたチョコレートのようにつやつやと輝く。分厚い胸の前で組まれた腕は、隆々と盛り上がり、競走馬の力強い筋肉を思わせる。色の濃いサングラスをかけていて、その目線は窺《うかが》うことができない。

それを見て、俺はすべてを察する。

この男が落書きをした犯人だ。

これからこの男を追及して謝罪させ、グラフィティを消させるのだ。

そんなこと、可能だろうか？　向こうが拳を突き出せば、ブーディシアは壁まで吹っ飛ぶだろう。それが俺でも同じことだ。

そこで俺は、無理です、と声をかけたのだった。

「さすが《イーブン》のブーさんでも勝てませんよ。いいですか、格闘戦というのは体重差が……」

「ちげーよ。っていうかさすが《イーブン》のってなんだよ。お前あたしのことレスラーかなんかだと思ってんの？」

どちらかというと猛獣だ、と、思ったが、黙っておくことにした。

そんなやり取りをしていると、こちらに気づいたサングラスの男が口を開く。

「……ブーディシアか？　驚いたな。君が顔を見せるとは」

男の声は想像したよりずっと静かで、深く響いた。言葉通り驚いているとは思えないほどだ。そして男がブーディシアの名前を呼ぶのを聞いて、俺は自分の心配が杞憂《きゆう》だと理解する。彼らは知り合いなのだ。

「うっせーアイオン。相変わらずでけー図体《ずうたい》しやがって。名前で呼ぶなって言ったの忘れたわけじゃねーだろ」

ブーディシアはいつもの調子で食ってかかった。言い回しこそきついものの、その声は俺やジョージに対してよりも、幾分か柔らかいように思える。

「君には似合っていると思うがね」

「てめー、やる気か」

「違う。単に物事を肯定的《ネガティブ》に解釈しようという話さ」

アイオンと呼ばれた男は、眉を動かさないまま薄く笑う。色の濃い肌と白い歯のコントラストが眩《まぶ》しい。体重差以上に、そこにある不思議な余裕のようなものが、勝てないと感じさせる。背骨に鉄柱でも入っているのかという姿勢のよさには、ショップには不釣り合いな雰囲気さえあった。

「どーだかな。まあいいさ」

ブーディシアは適当に話を流すと、隣の俺を指して、親指を軽く振った。

「アイオン、こいつヨシ。バイト先の日本人《ジャパニーズ》」

「ヨシサン、コンニチハ。ワタシハ、アイオン、デス」

「え？」

先に音が頭に入ってきて、後から意味が焦点を結ぶ。それは日本語だった。しばらく話していなかったから、認識が遅れる。俺は慌てて日本語で返事をする。

「俺はヨシです。はじめまして、アイオンさん。……お会いできて嬉しいです《ナイス・トゥ・ミート・ユー》。日本語、大変お上手ですね《ユー・スピーク・ジャパニーズ・ベリー・ウエル》」

途中から英語に切り替えると、アイオンも英語に戻して満足そうに言った。

「ゼンに興味があってね。キョートとカマクラには何度か足を運んだ」

「いかつい顔のくせに、スピリチュアルなのが好きなのさ」

けらけらと笑ってからかうブーディシアとは逆に、俺はむしろ納得する。その動じない振る舞いが、いかにも禅といった趣だったからだ。

「こう見えて私もライターの端くれでね。書いているのは地味なグラフィティばかりだが」

意外、ではなかった。明らかに画材店の店員だけやっていてはつかない筋肉に覆われてはいるものの、壁のようなスプレーの前に佇《たたず》むさまは、実に馴染《なじ》んでいたからだ。

「なにが端くれだよ！　こいつのストローク・コントロールはすっげーんだぜ。高圧《ハイプレッシャー》でタグ書かせたらブリストルでも右に出るライターはいねーよ。もうホント、ゼンって感じ！」

「ありがとう、ブーディシア。しかし私はただ、問いの答えを見つけようとしているだけさ。

壁に向かってね」

急にはしゃぎはじめたブーディシアに対して、アイオンはあくまで穏やかにそう告げる。

「哲学的ですね」

「単純な話だ。アートは問いの連なりだからな」

「答え、ではなく？」

「答えはすぐに問いになる。同じことだ」

「なんだよーお前らー！　勝手に盛り上がんなよー！」

話についていけなかったのか、ブーディシアは両手でドンドンとカウンターを叩《たた》く。子供っぽい仕草に、アイオンは微笑《ほほえ》みながら声をかける。

「ブーディシア、君も瞑想《めいそう》を試してみるといい。気持ちが落ち着くぞ」

「うっせー！　あたしが悟りを開いたら、てめーら真っ先に涅槃《ニルヴァーナ》に叩《たた》き込《こ》んでやるからな！」

「はは、それはありがたい」

「ブーさん、涅槃《ねはん》は地獄じゃありませんよ。どちらかというと天国寄りの概念です」

「嘘《うそ》つけ！　あんなに暗いバンドが天国なわけあるかよ！」

「まあそこは、気にするな《ネヴァーマインド》、というくらいですから……」

あらゆる水準でひどい発言に目を白黒させていると、アイオンが呟《つぶや》くのが聞こえた。

「君たちは仲がいいな」

「は？　ばっかお前なにいってんの？　今のでなんでそうなるんだよ。サングラスかけてると耳まで遠くなるんじゃねーの」

「まあ、そういうことにしておこう」

アイオンは笑いまじりにそう言うと、仕切り直すようにパンと手を打った。

「さて、ブーディシア。なにから買うんだ。まとめて買うなら安くしておこう。ずいぶん待っていたぞ」

待っていた？　どういうことだろう。考えられる状況を数えるより先に、ブーディシアの鋭い答えが返る。

「勘違いすんな。……うちの店にグラフィティ書いたやつがいるんだよ。正直、関わりたくはねーが、放っておくわけにもいかねー」

「君がいるとわかってやったのなら軽率だな。まあ、おおかた偶然だろうが」

俺はその言葉の意味をしばし考えてみて、それから質問した。

「あの……どうして店にグラフィティを書くのが軽率なんですか」

「いい問い《グッド・クエスチヨン》だ、ヨシ」

アイオンは人差し指で俺を指して、頷《うなず》く。

「グラフィティには競争という側面がある。多くのライターは主な活動エリアが決まっていて、中には縄張り意識を持つ者もいる。他のアーティストの縄張りだとわかってわざとグラフィティを書くなら、それは宣戦布告と受け取られる場合もある」

そんな文化があるとは知らなかった。そしてこの情報は、おのずからもうひとつの事実を明らかにする。

「ということは、ブーさんもライターということになりますね」

「げっ」

「それも、けっこう有名なんじゃありませんか？」

考えると、つまりそういうことになる。

「なんだ、ブーディシア。話していないのか」

「うっせーな。……つまんねー話をする趣味がねーだけだ」

なんとなくその反応は予想していたが、アイオンの次の言葉は、さすがに意表を突くものだった。

「有名どころじゃない。そこのお嬢さんは、一級のグラフィティ・ライターだ。このあたりで〈ブリストルのゴースト〉の名前を知らない者はいないさ。誰もが囁《ささや》いている、やつは天才だとね」

ブーディシアは、冷蔵庫の隅に腐ったリンゴを見つけたような顔をしている。しかしアイオンは旅先のレストランの話をするときみたいに、満ち足りた表情で続けた。

「グラフィティは競争でもあると言ったが、そこには絶対の不文律がある。それは〈上書き《オーバーライト》するときは、より手のかかった、あるいは優れた作品を書く〉というルールだ」

「上書き《オーバーライト》……」

「そう、街の壁の数などたかが知れている。埋まれば上から書くしかない。より手をかけて、より素晴らしい作品を。そうして競い合いグラフィティは発展してきたというわけだ」

「アイオン、てめーいい加減に……」

「ブリストルのゴーストは、上書き《オーバーライト》専門だ。下手なグラフィティを記せば、闇から現れ、そして……」

アイオンの言葉は、それ以上続かなかった。

ブーディシアが、バン、とカウンターを左手で叩《たた》いたからだ。

カウンターに置かれた小さな花瓶が揺れて倒れそうになるのを、アイオンは眉ひとつ動かさずに受け止める。花瓶に差された赤い花が、ぐるりと揺れた。

「行儀がよくないぞ、ブーディシア。やはり君には瞑想《めいそう》を勧める」

そっと花瓶を立てながら、アイオンはたしなめる。ブーディシアの行動に驚いた俺とは違って、落ち着き払っていた。

「てめーが黙らねーのが悪い。それに……頭なんていつだって空っぽだよ」

ブーディシアは我に返ったのか、気まずそうにポケットに両手を突っ込んで、目を逸らしながら呟《つぶや》き、それから、付け加える。

「……うちの店が落書きされたって言ったろ。94《モンタナ》のベリル・グリーンだった」

「ベリル・グリーンだと？　それは……」

「ああ。まず間違いねー。あいつらが動いてる。……アイオン。最近ベリル・グリーンのスプレーを買ったやつはいるか」

俺はそこまで聞いて、ようやく思い至る。

アイオンが犯人でないなら、ブーディシアはなぜここに来たのか。

決まっている。情報を得るためだ。犯人についての。

「顧客のプライベートを晒《さら》すわけにはいかないな」

「ったく、協力する気ねーのかよ」

「心当たりは一切ないが……腹が減ったな。ベアー・ピットのブリトーが食べたい。それと」

アイオンは、太い腕を組んで、白い歯を見せた。

「グラフィティを消すなら、溶剤《ソルベント》がいるのではないかね？」

「はっ、食えねーチョコレート野郎だ」

「肯定《アファーマティブ》。私は優《スウィート》しいんだ。特に優秀なアーティストにはね」

「うっせー」

褒められているのに、ブーディシアは喜んでいるようには見えない。嫌そうな顔をしながらコインを取り出すと、バラバラとカウンターの上に置いた。

「そらよ。溶剤寄こせ」

「ありがとう。よい一日を《ハブ・ア・ナイス・デイ》」

アイオンはわざと定型句《センキュー》を述べて、まるでカクテルを客に出すバーの店主のように洗練された手付きで、溶剤をカウンターの上に置く。

ブーディシアは左手でそれをひったくるようにして摑《つか》むと、踵《きびす》を返《かえ》した。

「行くぞヨシ」

「えっ、どこにです？」

「決まってんだろ。ベアー・ピットだ」

溶剤を片手に、店を出たブーディシアはずんずんと歩みを進めていく。俺はやや小走りになって並ぶと、横から話しかける。

「……アイオンさんって、何者なんです？」

「何者って、ライターだろ」

「そうじゃなくて。只者《ただもの》じゃない感じだったので」

「知らねーよ」

「え、知り合いだと思っていました」

「そうだけど、あいつのグラフィティがあいつだよ。それ以外は興味ねー」

その言葉に、俺は少し面食らってしまう。アーティスト、いやグラフィティ・ライターというのは、みんなそういうものなのだろうか。

俺は歩みを緩めないブーディシアについていきながら、街に目を向けてみる。今まで落書きとしか思っていなかったが、確かに注意して見てみると、色も形もさまざまなグラフィティが、さまざまな場所に書かれている。

しかし。

あの霧の日に出会ったグラフィティには、なんというか、なにも知らない俺をも圧倒するような迫力があった。このあたりで見かけるものは、なんとなく書いてみました、という感じで、そういうパワーがほとんど感じられない。

グラフィティ、といってもいろいろあるのだろうが、比べるとどうにも物足りない感じは否めなかった。

「……やっぱり、アートって感じじゃないけどな」

「ヨシ、なんか言ったか」

「あ、いや」

「今、馬鹿にしたろ」

「してません。単に思わずちょっぴり疑問が口から出ただけです」

「お前、意外と正直だよな……」

いつもの皮肉も忘れるほどだったのか、ブーディシアはストレートに呆《あき》れる。

「取り柄のひとつということにしてください」

「ふん、いいさ。ま、お前の言ってることも間違っちゃいねー」

ブーディシアは立ち止まると、ちょうど壁に書かれていたグラフィティに拳を当てた。

「あたしに言わせれば、こんなのは三流だ」

そして、ニヤリと笑う。

「ちょうどいい。本物のグラフィティを、見せてやるよ」


「熊、ですね」

「ああ。名前はウルサ」

俺はその巨大な熊、ウルサを見上げていた。

「こんにちは」

「熊に挨拶するやつがいるかよ」

「一応敬意を払っておこうと思いまして」

「マジで変《トータリー・ウィアード》なの」

エイト・ビット・ワールドから数分北東に行けば、ショッピング・クウォーターと呼ばれる大きな商店街をはじめとして、ギャラリーズやキャボット・サーカスといったショッピング・モールがある、ブリストルの中心街だ。

その真中《まんなか》に位置するこの広場は、ベアー・ピットという名前らしい。

ウルサ、という名前の熊の彫刻は、このベアー・ピットのシンボルのようだった。彫刻といっても木や石を掘り出したものではなく、白と黒の板を張り合わせて作ったものだ。どこかポリゴンのような印象を与える直線的なディフォルメに、なんともいえない味わいがある。二本足で直立した姿勢を取っていて、間近に立つと見上げる感じになる。実際の熊よりずっと大きく作られていて、かなりの迫力だった。

熊の前から離れて広場のほうへと歩いていくブーディシアに、俺は続いた。

「どうしてここに来たんですか？」

「色がベリル・グリーンなら、やったのはここを根城にしてるクルーの誰かだ」

「ええと、クルー、というのは」

「グラフィティのチーム。群れねーとグラフィティも書けねー、しょーもねーやつらさ。ベリル・グリーンはやつらのチーム・カラーみてーなもんだ」

そんなものが存在するなんて、初めて知った。グラフィティというのは、ひとりで書くのだとばかり思っていた。

「言っとくけど、余計なことすんじゃねーぞ。血の気の多いやつもいるからな」

「えっ」

振り向いたブーディシアは、さらっと恐ろしいことを口にする。

「ま、普通にしてりゃ大丈夫さ」

「それ、大丈夫かどうかは普通の定義によりませんか」

「ビビってんじゃねーよ。ほら、行くぞ」

ベアー・ピットは、円形のスペースが周囲から一段下がった、変わった構造の広場だった。円周に沿って配置された階段を下りると、トンネルのような通路を潜って広場にアクセスすることになる。熊の穴《ベアー・ピット》とはそういうことかと、俺はひとりで納得していた。

驚いたのは、その階段と通路の、壁面だった。

どちらもあふれんばかりのグラフィティで、隙間なく埋め尽くされている。

「すごい……」

一言でいうなら、それは混沌《こんとん》だった。

四角い文字、人の顔、なにかのキャラクター、リアルな動物。あらゆるイメージ、あらゆる色が、お互いに一歩も譲らずひしめいている。

ひとつひとつは、決して美しいというような類のものではない。けれど、この空間から伝わってくるエネルギーには、圧倒されてしまう。

これが本物のグラフィティ、ということか。

「すごい。美術館の絵とは、全然違いますね」

「ああ。額に入った死体みてーな絵と一緒にされたくねーな。グラフィティは生きてんだ」

それはあまりにも乱暴な意見だったけれど、それでも納得してしまいそうなほどのパワーが、この空間にはあった。

「……どうして書いているんですか？」

「ん？」

「これを書いた人たちは、なんでこんなにがんばって、ここに絵を書いているんだろうって」

疑問だった。どんなにすごいものを書いたって、壁に書かれている以上、売れるわけでもない。むしろ反社会的な行動ですらある。なのに、ここに書かれているどのグラフィティからも、すさまじい熱意が伝わってくる。

「んー……もっとかっけぇグラフィティを書くため、かな」

俺はアイオンの教えてくれた、グラフィティの不文律を思い出す。

上書き《オーバーライト》するのなら、より手のかかった、優れた作品でなくてはならない。

それがライターを駆り立てるリズム、グラフィティを洗練させるハーモニーなのだ。

「上書き《オーバーライト》すんのは覚悟がいる。絶対勝たねーといけねーからな。ショボいと思われたら、すぐ上書き《オーバーライト》される。戦いなんだよ」

物騒な言葉とは裏腹に、まるで長年飼っているペットを撫《な》でるような優しさで、ブーディシアは壁に触れた。

「……そんでさ、これはかっけぇ！　って思えるやつができたとすんだろ？　そしたら、そいつは上書《オーバーライト》きされずに、しばらく残るんだ」

道理だと思った。不文律から考えると、優れた作品ほど上書《オーバーライト》きされにくいことになる。きっとそれは、ライターにとっては、名誉なことなのだろう。

「そういうときだよ。……生きてる、って感じがするのはさ」

俺ははっとして、ブーディシアの横顔を見る。

寂しそうな、切なそうなその表情を見て、俺は、なにか言わないと、と思った。

「あの」

「ん？　なんだよ」

「ブーさんが書いたやつは、ないんですか」

彼女は無言で、隅の方を指差す。

そこには小さなオバケの絵と、〈BOO〉という文字が書かれていた。丸みを帯びたオバケは牙を剝《む》いていたけれど、なんだか愛嬌《あいきよう》のある顔をしている。昔好きだったゲームに、こんな感じのキャラクターがいたのを思い出す。背を向けていると近寄ってくるのに、振り返ると照れて顔を隠す動きが面白くて、意味もなく照れさせて遊んでいた。

なんだかちょっぴりブーディシアに似ているな、と、俺は思う。

「これだけですか？」

続けて余計なことを聞いてしまったのは、思いがけず親しみのある姿を目にして、油断してしまったからだ。

聞くべきではなかったと思ったときには、もう遅かった。

「ああ、これはたまたまはみ出た隅っこのサイン。残りはもう全部、上書《オーバーライト》きされちゃった」

ブーディシアはそう答える。言い方は乾いていたけれど、表情は湿っていた。笑っているようでいて、なにかを堪えているような。

かける言葉が見当たらなかった。

俺が反応に困っていると見て、彼女はつとめて明るく言う。

「そんな顔すんなよ。あたしは負けた。それだけのことさ。あたしは別に、天才なんかじゃないんだ。この壁がそう言ってんだから、そうなんだろ」

ブーディシアは壁から体を離すと、大きく伸びをして、あくびをする。それからなにも言わず、俺に背を向けて、さっそうと歩いていく。その後ろ姿は、なんだかやっぱり野良猫みたいだった。尻尾をピンと立てて、お腹《なか》なんてちっとも空いていないとでもいうような。

俺は慌てて、彼女を追いかける。

「さて、と」

トンネルのような通路を抜けて、やがて彼女が立ち止まったのは、広場の一角だった。

そこには大きな緑色のバスが停《と》まっていた。なぜ広場にバスが、と一瞬疑問に思ったが、すぐに解決した。バスの側面に〈ベアリトー〉という文字がペイントされていたからだ。ベアーとブリトーをくっつけた名前らしい。実に微妙なセンスだ。よく見れば、置かれた黒板にメニューも書いてある。どうやらバスを改装したキッチンカーのようだった。

バスの前には、いくつかテーブルと椅子が並べられていて、食事ができるようになっている。

小柄な上背に対してアンバランスなくらい太った色白の男が、テーブルの上を片付けていた。被《かぶ》っている野球帽には、丸い枠に女王の横顔のマークが入っている。確かこんなコインがあったような気がするが、まだ馴染《なじ》みがなくうまく思い出せない。

男の姿に緊張する俺をよそに、ブーディシアはつかつかと歩み寄り、声をかけた。

「おい」

「いらっしゃいませ《イハヤ》」

「ブリトーふたつ。後で届けてくれる？」

「は？　うちはそういうのやってないんで。自分で持っていってくださいっす」

迷惑そうに眉をひそめて、太った男は言い返す。

「ひとつはパーク・ストリートの画材屋。もうひとつは……エイト・ビット・ワールドってゲームショップなんだけど」

ブーディシアは鋭い視線を向けながら、薄く肉を削《そ》ぐようなゆっくりさで、言葉を紡ぐ。

知らない、と白を切ることもできただろう。

しかしその驚愕《きょうがく》の表情は、なによりも雄弁に物語ってしまっていた。

間違いない。

こいつが犯人だ。

「いきなり当たりか。やったのはてめーだな!」

ブーディシア《ブルズ・アイ》は後ずさる男の胸ぐらを掴《つか》んで顔を寄せ、問い詰める。

「ひっ。お、俺は違うっていうか、俺だけじゃないっす!」

「おーい、ペニー。どうしたー」

太った男の悲鳴を聞きつけたのか、バスの中から、場違いなほどのんびりした声とともに、別の男が顔を出した。ここからでもわかるくらい背が高くて、黒縁の眼鏡をかけている。オレンジ色の髪の毛と髭《ひげ》が、同じくらいもさもさと茂っていた。

「こいつやばいっすよ! 猛獣《ビースト》っす」

「あたしが猛獣《ビースト》ならお前は餌《フィースト》だ。正直に言わねーと食っちまうぞブタ野郎」

「ひぃぃぃ、助けてほしいっす!」

ペニーと呼ばれた太った男は、必死で助けを求める。体力的には振り払おうと思えばできそうだが、ブーディシアに完全に気圧《けお》されていた。

「うーん。確かにやばいな。目がやばい。関わらないほうがいいって」

バスの中の男は、そんなことを言って、悠長に髭《ひげ》を撫《な》でている。

「そんなこと言われても、もう遅いっす……」

「なんだてめーは。細長い図体《ずうたい》しやがって。キリンか？」

ブーディシアはバスの中の男を睨《にら》みつける。それに応えるようにして、その男は高い背を折りながらバスから出て、こちらに歩いてくる。

「いい度胸じゃねぇか。俺はＪＦ《ジエイエフ》だ。いいか、俺はこのカフェのコーヒー担当なんだ。そっちのペニーはブリトー担当。俺たちはふたりでひとりなんだよ。いいか、俺の相棒に手を出したら、ただじゃおかねぇぞ」

ブーディシアはペニーから手を離し、見下ろすように立ちはだかるジェイエフに、臆することなく向かっていく。

「……そうか、わかった。てめーら二人が犯人だな。エイト・ビット・ワールドって名前に聞き覚えあんだろ」

「やべっ、あの店のやつかよ！」

「完全にバレてるっすよ……」

ブーディシアはふたりを交互に睨《にら》みつける。

「てめーらがやったんだな」

「うん、それはつまり、あれだ。いや、っていうか、証拠あんのかよ」

「そうっすよ！」

「はーん、認めねー気か。なら……この店のライターはヘッタクソで、ブリトーもクソまずいって噂《うわさ》がブリストル中を駆け巡るかもしれねーな」

「ぐ……」

「き、汚いっす！」

「もう一回聞くぞ。てめーらがやったんだな」

ブーディシアはもう一度、鋭い視線でふたりを刺す。

青ざめたふたりは、顔を見合わせると、とうとう降伏した。

「すいませんでしたぁっ！」

「俺たちがやったっす！」

なんということだろう。

たったあれだけの情報から、犯人まで辿《たど》りついてしまった。

ブーディシアはそんな俺の驚きを知る由もなく、ふたりを威圧し続けている。

「よし。警察に突き出すのは勘弁してやる。代わりにうちに書いたグラフィティ消しに来い」

「いやでも店があるからよ」

「ベアー・ピットのみんながお腹空《なか》いちゃうっす」

「は？　文句言うやつがいたらな、腹一杯になるまでスプレー口に捻じ込んでやるから安心しろ。わかったか？」

「マジかよ。怖すぎんだろ」

「入んないっす、絶対入んないっす」

「わかったかって聞いてんだよ！」

「お、おう」

「ひゃい」

　それからブーディシアはペニーにブリトーをふたつ作らせると、引きずって店の前まで連れてきて溶剤を叩《たた》きつけ、防毒マスクを手渡し、グラフィティを消させた。ジェイエフのほうには、アイオンの店までブリトーを配達するよう指示していた。そういえばアイオンは、腹が減ったからブリトーが食べたい、と言っていた。ひょっとすると、情報代ということなのかもしれない。

　ペニーはどうも気が弱いほうらしく、終始ブーディシアに怯《おび》えていた。ちょっとかわいそうな気もしたが、自分で書いたものを自分で消しているわけだから、自業自得といえばそうなのだろう。ブーディシアはブーディシアで、ブリトーの代金をちゃんと払っていたのが妙に律儀だった。

　彼女はいつもの椅子に座って、ショーウィンドウの向こうで涙目になりつつグラフィティを消すペニーを見ながら、牛肉《ビーフ》とチーズをたっぷり入れさせたブリトーを頬張っていた。

俺はその光景を見ながら、なんとも感慨深い気持ちになる。

さっきまで、ここに書かれた絵が、いったいなんなのかもわからなかった。なのにブーディシアは、その犯人を的確に突き止め、こうしてここまで連れてきてしまったのだ。

彼女に導かれて、たくさんのものに出会って、驚くことばかりだけれど。

それでも俺は、まだなにも知らない、と思う。

グラフィティのことも、そして、彼女のことも。

「ブーさん」

「ん」

「ありがとうございます」

「なんだよ、急に」

「いえ、新しい体験ができて、嬉《うれ》しかったので」

「なにそれ。マジで変《トータリー・ウィアード》なの」

苦笑いとともに窓の外を向いた瞳は、光が入って、青く透き通っていた。

俺はその目に映っている景色をもっと知りたいと、強く思った。

column 1 グラフィティとは？

ブリストルの街中に描かれたバンクシーの代表作《マイルド・マイルド・ウェスト》

スプレーやペンを用いて壁など公共の場所に描かれる、ストリート・アートの形態。アーティストは「ライター」と呼ばれることが多い。もとは名前を書く単なる落書きだったが、ヒップホップ・カルチャーと合流することで発展した。〈上書きする際はより優れた図案でなくてはならない〉という文化から、激しい競争によって急速に洗練される。1970年から1980年代にかけてニューヨークで流行するが、器物損壊となるケースが多いことから取り締まりが厳格化、90年代にはストリートからさまざまな場所へと移っていったものの、現在でも多くのアーティストが一線で活躍している。美術の世界だけでなく、ファッションやデザインにも大きな影響を与える。

著名なアーティストに、バンクシー、キース・ヘリング、ジャン=ミシェル・バスキアなど。

Chapter 2
“For the Captain”

俺はステージの上に立っている。
こちらに向けられたライトが眩《まぶ》しくて、客席はよく見えない。
手にはギターが握られている。
ああ、いつもの悪夢だ、と俺は思う。
これからなにが起きるかも、すべてわかっている。
わかっているのに、どうしようもなく苦しい。
隣に立つ、あいつの横顔を見る。
あいつは俺を見ない。
そう、それもいつもどおりだ。
やがて演奏がはじまる。
ドラムとベースに合わせて、俺はギターを弾く。
何度も弾いた曲だ。
次になにが来て、なにをするべきか。
この曲のことなら、すべて知っている。
山ほど練習してきたからというだけではない。
当然だ。この曲は、俺が自分で作ったのだから。

けれど、隣で歌うあいつの歌声は、まったく別のものにさえ聞こえる。
確かに俺の考えたメロディーのはずなのに。
俺はその歌に合わせようとして、必死で手を動かす。
しかし、どれだけ合わせても、俺のギターは、その歌に、合うことがない。
リズムは合っている。ピッチも合っている。
なのに、どこかわからない、けれど決定的に重要な部分が、合っていない。
俺は自分でわかっている。
合わない、のではない。
追いつけないのだ。
その歌の、美しさに。
ただひたすらもがいているうちに、演奏は終わる。
なにをやったのかすら、もう覚えていない。
客席からの拍手が満ちても、俺の心は、空洞なままだ。
「ヨシ。それじゃダメだよ」
ステージを下りる途中で、あいつは、俺の名前を呼ぶ。
俺は振り向く。
あいつの透明な瞳が、俺を捉える。

すべてを射抜くように。

なにもかも見透かすように。

そしてさっきまで、美しい音を奏でていたのと同じ喉で、言う。

「ヨシの音楽には、魂がない」


「おお、ヨシくんか。大変なんだよ」

悪夢のせいで寝坊してしまい、時間ギリギリにエイト・ビット・ワールドに出勤すると、いつもバックヤードにいる店長、ラデシュが、珍しく店の外にいた。

いつも似たような赤いチェックのシャツとジーンズを着ているラデシュ店長は、赤い帽子に青いカバーオールで身を包んだ有名な配管工にそっくりだ。まさか意識して似せているわけではないだろうけれど、特に髭《ひげ》の感じが似ている。違いといえば、インド系の顔立ちで、鼻が丸の代わりに大きな三角を描《えが》いていることくらいだ。

日本のゲームが大好きで、人が集まる店にしたい、といつも言っている。実際、店内には古いゲームをプレイできるスペースやカードゲーム用のテーブルがあって、子供もよく出入りしている。

そんな穏やかで優しい人なのだが、今日はどうも難しい顔をしている。

そしてその理由を、俺はすぐに理解する。

「これは……」

店のショーウィンドウには、再びグラフィティが書かれていた。しかしその大きさは、先日のものとは比べ物にならない。ほとんどガラス一面を覆っていた。

グラフィティは、もこもこした奇妙な模様を中心にしていた。なんと書いてあるのかはいまひとつわからないが、おそらく文字なのだと思う。その横には、模様にもたれかかるようにして、ぬいぐるみめいた熊が書かれている。配色はグリーンとピンクが中心で、全体はポップでかわいい感じに見えるのだが、熊の表情は怒り狂っていて、長く伸びた爪にも血が滴っている。

「昨日のうちに誰かが書いていったらしい。まったく、困ったものだ」

ラデシュはそう言うと、もともと下がった太い眉をさらに下げた。

この間の様子を見る限り、こう大きくては、消すといっても一日がかりだろう。ひょっとしたら、数日かかるかもしれない。

俺たちがなすすべもなくグラフィティを見上げていると、ブーディシアが出勤してきた。

「あ、ブーさん！　大変なんです。グラフィティが……！」

ブーディシアはグラフィティを見て、固まる。

彼女は目を見開いて、凍ったように立ちすくむ。やがて溶けた氷が水になって零《こぼ》れるように目線を落とすと、そのまま呟《つぶや》く。

「……知らねー」

「あの、ブーさん？」

「うるせー！　知らねーって言ってんだろ！」

そのまま走り去ろうとするブーディシアに手を伸ばすが、ラデシュが俺の肩に手を置いて、それを制止した。

「いいよ。ヨシくん」

「ラデシュさん、でも」

「ブーちゃんにもいろいろあるだろう」

ラデシュはブーディシアの後ろ姿を見ながら、優しい響きでそう言った。

「さて。ふたりには悪いが、今日は休業だ。とにかくこいつをどうにかしないと。子供たちが怖がっちまう」

ラデシュの柔らかいシャツからは、いつもスパイスの匂いがする。俺は店の中に入ってどこかに電話をかけるラデシュの後ろ姿を見ながら、帰る気持ちにもなれず、そこに佇《たたず》んで、大きなグラフィティを見つめていた。

「やあ、ヨシくん。……わ、店、すごいことになってるね」

いったいなにをどうしたらいいのかわからなかったので、ジョージがたまたま通りかかってくれたことに、俺は感謝したいくらいだった。

「ええ、そうなんです」

「これは……まずいね」

状況を共有してくれる人が現れて安堵《あんど》する俺の気持ちとは裏腹に、ジョージは深刻そうな顔をしていた。

「えっ、なにがですか？」

「実は最近、ライターの活動が活発になっているって報告があるんだ」

報告。いったいどこからの報告なのだろう。

「あれ？　言っていなかったっけ？　僕はブリストル市の職員なんだよ。まあ僕に言わせれば雑用みたいな仕事ばかりなんだけど、グラフィティ対策も仕事のうちなのさ」

俺の疑問に、先回りしてジョージは答えてくれる。

「対策、ですか」

「僕としては、推進、のつもりなんだけどね。無節操に書かれるのも困りものだ。自由に書ける壁を募ったりもしているんだけど、うまくいっていなくてね……。残念ながら市議会《シティ・カウンセル》とグラフィティ・ライターは、対立しているのが現状だ」

そう言いながら、柔らかく波打つ髪をくしゃくしゃとする。ジョージの困っている顔は、なんだか新鮮な感じがする。

「で、問題はこのグラフィティだよ。これ、なんて書いてあるか、読めるかい?」

「いいえ、正直、全然」

「こういうのはバブル・レターっていうんだ。ほら、文字《レター》が膨らんで泡《バブル》みたいだろ? ワイルド・スタイルに比べれば読みやすいから、丁寧に見ればわかるよ。ほら、最初のこれがR。次がE。それから、V、E、N、G、Eだ」

俺はジョージに言われたとおりに目をこらす。最初はひたすらもこもこしていてよくわからなかったけれど、よく見れば変形の仕方に一定の法則があって、だんだんアルファベットと認識できてくる。

「ええと、ということは……復讐《リベンジ》、ですか?」

「そういうことだ。聞いておきたいんだけど、この間のステンシルのグラフィティ、結局どうなったんだい?」

「あれは、ベアー・ピットのライターで……」

俺はかいつまんで説明する。話をしていくうちに、ジョージの顔がみるみる曇っていくのがわかった。

「間違いないね。これは報復だよ」

「報復……」

ジョージの言わんとしていることをまだすべて摑《つか》めてはいなかったが、それでも直感的に、嫌な感じがした。

「犯人はベアー・ピットのクルーの一員だったんだろう？」

俺は背の高いジェイエフと、太ったペニーの姿を思い出していた。

「はい」

「前回のグラフィティ、実は似たものが最近増えているようなんだ。そのクルーのリーダーが、手下とステンシルを使って、あのグラフィティを書かせているんだろうね。ブーが捕まえたのは、その手下、というわけだ」

「なんのために？」

「それは僕にもわからない」

ジョージは肩をすくめた。

「基本的にグラフィティ・クルーは反体制集団《アウトロー》だからね。ベアー・ピットは薬物取引の温床にもなってる。僕たち市議会も、簡単には手出しができない。ヨシくんも充分気をつけてくれ」

不意に、背筋に冷たいものが走る。

ペニーとジェイエフは、それほど強面《こわもて》というわけではなかった。けれど、この、店に書かれたグラフィティは、違う。営業している店の真ん中に、これだけ大きなグラフィティを書く。絵柄も合わせて、そこに敵意があるのは明らかだった。

もしこれが、彼らによる報復だというのなら。

「……ブーさん」

「どうしたんだい？」

相手はブーディシアの顔を知っている。

このエイト・ビット・ワールドで働いていることも。

向こうが報復する気だとして、ブーディシアが、クルーに見つかったら。

「ジョージさん。ブーさんがどこにいるか、知っていますか」

「いや、知らないけど……ちょっと、ヨシくん！」

ジョージの言葉を待てずに、俺は走り出す。

そうだ。

ブーディシアが、危ない。


「おい、ペニー。こいつ」

「忘れるわけないっすよ。今日はあの怖い女はいないっすね」

ベアー・ピットに来てから、俺は改めて、自分の愚かさを呪った。

頭がブーディシアのことでいっぱいだった。しかしよくよく考えれば、いや本当はよくよく考えなくてもすぐわかることなのだが、彼らからすれば、俺もブーディシアと同じように、報復の対象なのだ。

「いや、その、俺はただ……」

飛んで火に入る夏の虫、とか、俎板《まないた》の上の鯉《こい》、といった言い回しは、英語ではなんと言うのだろうか。緑のバスに留学生、ではないだろうな。そんなくだらない思考が駆け巡る。

しかし俺の狼狽《ろうばい》は、長くは続かなかった。

「おいヨシ、なにやってんだお前！」

「ブーさん！」

突然あらわれたブーディシアは、呼吸が荒く、透明な肌も上気している。その理由はすぐにわかった。

「ひとりで勝手なことしてんじゃねーよ。あたしに運動させんな！」

俺を助けに来てくれたのだ。正直、ホッとした。王子様に助けてもらうお姫様も、こんな気持ちなのだろうか。

「あいつに見つかる前に早く行くぞ」

俺の手を引いてその場を離れようとするブーディシアだったが、この二人組が、そう簡単に行かせてくれるはずもない。

「お、おい、ペニー」

「ジェイエフ、俺、怖くて漏らしそうっす」

いや、意外と簡単だった。前回の邂逅《かいこう》は相当な衝撃だったらしい。

それよりも、考えるべきなのは。

「あいつって、いったい、誰の……」

答えは、唐突に現れた。

「あらまあ《オー・ディアー》」

背後から浴びせられる鋭い声に、俺たちは振り返る。

「キャプテン！」

「た、助けてくださいっす！」

俺たちは振り向いて、ジェイエフとペニーが歓喜の声を向けた先を見る。

最初に目に入ったのは、ベリル・グリーンの、髪だった。

鮮やかな青緑に染められた髪は、頭の上の方でふたつに結ばれ、左右に揺れている。大きな目は周りが黒く塗られ、眼光は一層その力を増している。アンバランスなくらい小さな口にはまった環《わ》は、耳のピアスと鎖で結ばれていた。短いフリルつきのスカートから伸びる細い脚は、鋲《びょう》のついたレザーのブーツに繋《つな》がり、悠然と大地を踏みしめている。露出した肩や胸元、太腿《ふともも》は真っ白で、目に刺さるようだった。

ブーディシアはその姿を見て、顔をしかめた。この場を離れることはあきらめたらしく、正

面から対峙《たいじ》する。

「今日はなんていい日なのかしら。探していた獲物が、自分から飛び込んできてくれたんですもの」

「ララか。……てめーには会いたくなかった」

「よくご存知ね。そう。私がララ。キャプテン・ララ。このベアー・ピットのグラフィティ・クルー、《女王熊の復讐《クイーン・ベアーズ・リベンジ》》のリーダーよ」

高くてよく通る、張り詰めた声だった。その響きに、俺は身を固くする。

キャプテン・ララ。そう、彼女こそが、ペニーにグラフィティを書かせ、そしておそらくは、店に報復のグラフィティをぶつけた、張本人だ。

「うちのジェイエフとペニーが世話になったわね。あのグラフィティを見てわざわざ消させるなんて……あなたは敵、ということよね」

「はっ、当然だろ。うちの店にグラフィティ書いてくれた礼だよ。お前にも特大のやつをしてやらなきゃな」

「なんのことかしら?」

「しらばっくれんじゃねー。見りゃわかる。あれはお前だろ」

グラフィティについてほとんどなにも知らない俺でもわかる。ララは、色といい、雰囲気といい、あのグラフィティそっくりだ。いや、順番としては、あのグラフィティのほうが、ララに似ているのだろうが。

「うちに来て消せ」

「嫌だと言ったら？」

「その邪魔くせーピアスを引きちぎる」

「マジかよ。キャプテンにディスとか、正気じゃねーな」

「ララさん、こいつ俺たちのことナメてるっすよ」

ジェイエフとペニーは、ララが来て急に勢いづいている。負けそうな相手には弱く、勝てそうな相手には強く出る。ブーディシアに対する怯《おび》えといい、俺に対する高圧的な態度といい、ある意味では潔いその態度に、俺は感心さえしていた。

「あ？　ブタとキリンはブリストル動物園に戻って草でもがっついてな」

「ちょっと、私のクルーにその口の利き方、聞き捨てならないわね」

ララはブーディシアに肉薄する。底の厚いブーツが重そうな音を立てる。刀を持っていたら鍔《つば》迫《ぜ》り合《あ》いをするほど近い。

そうなって初めて気づいたのだが、ララは小柄だ。ブーディシアと比べると、壊れそうなほど小さく、折れそうなほど細い。今まで物理的にも大きく感じていたのは、きっと彼女の発する圧の大きさゆえだろう。

「ははーん、船長様がお怒りってわけか。男がいねーとなんもできねーとか、船長というよりお姫様だな」

「野良猫ちゃんが言ってくれるじゃない。そんな薄汚い格好してるから誰からも相手にされないのよ。ボロ雑巾の分際で、醜い嫉妬をぶつけないでいただける？」

「はっ、手下にブーツ舐《な》めさせてまで小綺麗《こぎれい》にするのなんてごめんだね」

ブーディシアはララを睨《にら》みつけ、ララはブーディシアを睨《にら》み返す。今にも額がくっつきそうだ。視線の間に、火花が見えるようだった。

先に顔を離したのは、ララのほうだった。

「あのグラフィティを見てここに来たなら、あなたライターなんでしょう？　ライターらしく、グラフィティで決着つけましょうよ」

「うるせー！　てめーなんぞのために誰が書くか！」

「ちょ、ちょっと待ってくださいよ。ララさん、でしたよね」

気圧《けお》されていた俺の頭が、ようやくまともに働きはじめる。グラフィティ・バトルなら見たいような気もするが、ブーディシアの剣幕では血を見ることになりかねない。俺はそもそもブーディシアを助けに来たのだ。いや、結果として逆になったことは否定できないけれども。

「なに、あなた。野良猫ちゃんは偉そうなこと言ってボーイフレンド同伴なわけ？」

「ばっか、おま、ちげーよ！」

「あのグラフィティを見て、わざわざ消させるなんて、と言いましたよね」

「言ったけど」

俺は必死で考えを巡らせながら話す。ララの話には、どうも違和感がある。

「消させないのが普通、ということですか？」

店に落書きがあったら、消すだろう。せっかく書いたグラフィティなのだから、消されたほうが怒るのは、身勝手にしてもわからなくはない。しかしララの口ぶりからすると、消したことそのものではなく、わざわざペニーに消させたことを問題視している。敵、というのも妙だ。

ここには、なにか俺の知らない事態がある。

「当たり前っすよ。あれはライターたちへのメッセージっすから。キャプテン・ララのもとで戦おう、ってことっす」

「このあたりであのベリル・グリーンを見てベアー・ピットに辿《たど》りつけるライターなら、まず間違いなくオレたちの味方だからな。手分けして街中にステンシルで書いてんのさ」

なるほど、グラフィティを理解できるライターにだけ通じる暗号、というわけだ。考えてみれば合理的だ。ブリストル中にバラバラに存在しているグラフィティ・ライターになにかを伝えるなら、グラフィティがもっともよく伝わるだろう。船に乗る槍《やり》を振り上げたガイコツというのも、ともに戦おう、ということなら、メッセージとして適切だ。

ようやくララの言っていたことも理解できた。

グラフィティを見てベアー・ピットに辿《たど》りつけるライターであるにもかかわらず、それを消させる。まさしく、わざわざ。それは敵意の表明と映っても仕方がない。報復にグラフィティを書いていい理由にはならないとは思うが。

しかし、と、いうことは。

「ブーさん、最初のガイコツのグラフィティの時点で、本当はわかっていましたね。指示したのがララさんだってことも、グラフィティのメッセージも、全部」

「ちっ」

舌打ちは肯定の代わりだった。

「だいたいおかしいと思ったんです。誰かが指示した、って言っていたのに、指示されたほうしか連れていかなかった。今回だって、なにも言わずにどこかに行ってしまうし……ブーさん、いったい、どうして」

「……ブー？」

俺の話を聞いて、ララはなぜかきょとんとした顔をした。黒いアイラインに縁取られた大きな目をさらに大きくして、ブーディシアの顔をまじまじと見ている。

「あなた、今、ブーって言ったかしら？　じゃ、ひょっとして、あなたが……ブリストルのゴースト？」

「……さあ。そんな名前だったこともあったかもしれねーな」

しかしブーディシアはその目を受け止めず、視線を横に逸《そ》らす。

「お、おい。ゴーストだってよ」

「あいつ最近書いてないって聞いたっすよ」

「ゴーストが人前に出てくるなんて。っていうか、ゴーストって女だったのか」

「よく見ると結構かわいくないっすか」

「やべーな。海賊《キャプテン》と幽霊《ゴースト》が向かい合ってる……おい、俺たち、歴史の目撃者だぞ……」

「マジでやばいっすね……伝説の瞬間っすよ……」

「ああん？」

　ふたりの丸聞こえのひそひそ話は、ブーディシアの殺人的な眼光で吹き飛ばされる。

「うおっ」

「ひっ」

「ジェイエフ、ペニー」

「はいっ」

「うす」

「ちょっと時間をくれる？」

「わかりました《アイアイ》、キャプテン！」

　ジェイエフとペニーはララにもそう言われ、名残惜しそうにチラチラとこちらを見ながら去っていった。

改めて、ブリストルのゴースト、という呼び名が持つ影響力は絶大なのだということを実感させられる。

いったいどんなグラフィティを書いていたのだろう。

そう。俺はブーディシアのことを、まだ、なにも知らない。

「あの、ブーさんとララさんって、どういう関係なんですか？」

「うっせーな。初対面だよ初対面」

「なに言ってるの？　あんなに激しくやり合ったじゃない！　毎日毎日、夜通し朝まで！」

そう言うとララは、勢いよくブーディシアに抱きつく。さっきまでの喧嘩腰《けんかごし》はどこへやらだ。

身長差もあって、その姿は姉妹のようにさえ見える。

「は、離れろ！　変な言い方すんな！」

ブーディシアは、顔を赤くして身を捩《よじ》り、ララをなんとか振りほどく。

「もう、冷たいのね。ようやく会えたのに！　私、あなたのこと探してたのよ！」

「探していた……」

思わず呟《つぶや》く。どういうことだろう。

「ええ。あのころは誰もが噂《うわさ》したわ。幽霊《ゴースト》か海賊《キャプテン》か、ってね。ブリストルの一番《キング》の座を賭けて、私たちは競い合った。でも……ある日、幽霊《ゴースト》はいなくなったのよ。突然、なんの前触れもなく、ね。それからずっと探していたのよ。いつか出会えるって信じてた。だって私たち、運命で結ばれているんだもの！」

ララは手を胸の前で合わせて、きらきらと目を輝かせている。

俺はそれを聞いて、納得した。運命で結ばれているかどうかはともかく、ふたりはかつてのライバルだった、というわけだ。

「だから会いたくなかったんだ！　ぜってーこいつめんどくせーと思ってたんだよ。グラフィティでもしつこく絡んできやがって！　くそ！」

ララを振りほどいた勢いで、肩で息をしながらブーディシアは悪態をつく。

俺はそれを聞いて、ブーディシアの奇妙な行動についても、理解できたような気がした。ララが関わっていると一目で見抜いたからこそ、会いたくなかったのだ。

クルーをまとめるララは、おそらくグラフィティの世界では有名人だ。髪の色だけでも目立つことこの上ない。ブーディシアがその顔を知っていてもおかしくはない。

一方、ブーディシアはできるだけ姿を隠していたはずだ。ララに見つかりたくないから、というのももちろんあるだろうが、グラフィティの多くは犯罪であることを考えれば、姿を隠す気のないララのほうが例外なのではないか、という気もする。

「あら、私は会えてよかったわ！　ゴーストがこんなに素敵な女の子だなんて、思わなかったもの！」

ララは飛び跳ねてはしゃいでいる。ずっと探していたかつてのライバルに会えたのだ、万感の想《おも》いがあるのだろう。

「なっ……」

「でもせっかくスタイルいいのに、そのだっさいパーカーどうにかしなさいよ。チャリティー・ショップで買ったのかしら？　それともゴミ箱から拾った？　まあいいわ、心配しなくて大丈夫。私のを貸してあげる。かわいくしましょうね！」

とはいえ、その想《おも》いは、少々ズレたほうに向かっているような気もする。

「ほっとけ！　だいたいそんな肩とか脚とか出したの無理！　っていうかお前、秋だぞ？　寒くねーのかよ」

「寒いからなに？　服は魂で着るものでしょう」

まったく冗談めかすことなく、ララは真顔で言った。

心の底からそう思っているのだろう。

魂、か。

俺は嫌なことを思い出しそうになるのを、必死で振り払った。

「ところで、ゴーストはともかく、そっちのあなたは結局誰なわけ？　ライターじゃないんでしょ？　DJ？　それともスケーター？」

俺はその質問で、我に返る。思いがけない和気あいあいとした雰囲気に和みつつあったのだが、ララは俺に対する警戒はまだ解いていないらしかった。その思った以上に冷淡な態度に、俺は固まる。

「えーと、それは……」

「こいつ、ヨシ。学生」

「その、ブリストル大学で勉強しています」

場違いな自己紹介を競う賞があったら、今のこれはきっとノミネートされるだろう。

「あらまあ《オーディアー》。なんでそんなお利口さんがこんなところにいるのよ」

「バイト先が一緒なんだよ。てめーに落書きされた店のな」

「それはごめんなさい。でもゴースト、あなただと知っていたら、直接誘いに行ったのに！」

「別に会いに来たわけじゃねーって言ってんだろ。こいつを迎えに来ただけだ」

「すみません……」

「まったく、ジョージから連絡あったときはやべーと思ったよ。ひとりで行くんだもんな」

ジョージが助け舟を出してくれていたとは知らなかった。探しているつもりが、探されていたというわけだ。まったく、何重にも情けない。

「いいか、とにかくだ。あのグラフィティ、消しに来い」

「なんの話？」

「なんの、って、お前の書いたでけーやつだよ」

「そんなの、書いてないわ」

俺とブーディシアは、顔を見合わせる。

「いや、ちょっと待て。あれはてめーが書いたんだろ？」

「私は確かに、街の幾つかの場所にステンシルを使ったグラフィティを書くように指示した。でも、それは消そうと思えばそう苦労せず消せる小さいものだけよ。そんな大きなもの、人の店になんか書かないわ」

「なら、誰が書いたんですか？」

「だから知らないって言ってるじゃない。それ、どんなグラフィティなの？」

俺はスマートフォンで撮影した写真を見せる。ララは重そうな睫毛《まつげ》の奥からじっとそれを見つめると、考え込んでしまった。

「……確かに私のグラフィティね」

「だろ？　あたしが見間違えるわけがねー」

「たくさん書いてるからはっきりとは覚えていないけれど、けっこう前に、どこかに書いたものと同じだと思う」

「こいつが書かれたのは昨日の夜だぞ」

「それはありえないわ。私は昨日、クルーと一緒に……ううん、そんなこと言っても仕方がないわね。私に関係していることは間違いないもの。事情はわからないけれど、迷惑をかけてごめんなさい」

思いがけないほどはっきりと、ララは謝罪する。嘘《うそ》をついたりごまかしているようには、とても見えない。

「……クルーの誰かがララさんを真似《まね》てやった、という可能性はありますか？」

「ないわね」

ララは即答する。

「そんなことしたら、グラフィティをはじめたことどころか、生まれたことを後悔する羽目になるもの。うちのクルーは骨身に染みてるわ。……けれど、店の営業を邪魔するようなものを書くなんて、どっちにしても見過ごせない。人を送って消させておくわね」

自ら責任を引き受けようとするララの態度を見て、ブーディシアもさすがにばつが悪そうにしている。

「いや……お前じゃねーとは思わなかった。でも、うちの店主が困ってる。悪いが、きれいにしてやってくれたら助かる」

「ララさん、失礼しました。早とちりだったようです」

「こっちこそ、教えてくれてありがとう。私を真似《まね》て勝手に報復するなんて、言語道断。どこの誰かは知らないけれど、見つけ出して八つ裂きにしておくから」

グラフィティ・クルーのリーダーと聞いて、あらゆる場所にグラフィティを書き散らす無法者《アウトロー》なのかと思っていた。当初の高圧的な態度には驚いたものの、こうして話してみると、悪い人とは思えなかった。もっとも、やや過激なところがあるのも否めないが。

「でも、おかげでゴーストに会えたんだもの！　そこだけは感謝しなくちゃね！」

「だからくっつくなって！　それにそのゴーストってのやめろ！　ブーでいい、ブーで」

「ブー！　私もララでいいわ。あなたにキャプテンなんて呼ばせる気もしないしね。どちらにせよ、本当によかった。あのときあんなに戦った私たちがこうして同じ船に乗る日が来るなんて、夢みたい。私たちの勝利は目前ね」

「おいおい、なんのことだよ」

「なんのことって……まさか、知らないの？」

信じられない、と顔に書いてあった。ララは深刻な表情で腕を組む。そして少し考えてから、俺とブーディシアの顔を交互に見て、ゆっくりと言った。

「……市議会は潰そうとしているのよ。このブリストルのグラフィティを」


俺たちはララに勧められ、緑のバスの前に置かれたテーブルと椅子に腰をかける。ララがパチンと空中で指を鳴らすとジェイエフが飛んできて、なにやら指示をした。

それからララはひとつ咳払《せきばら》いをすると、まるで大きな事件に声明を出す政治家のような重々しい雰囲気で、ゆっくりと話しはじめた。

「ブリストル市議会は、基本的に、グラフィティをよく思っていないの。確かに、それも一理あるわ。他人の家の壁に、落書きとしか言いようのないひどいタグを書きつけるライターだってたくさんいるものね。それでもこれまで、私たちは共存してきた。そういう落書きばかりに街が覆われてしまうのは、私たちだって歓迎できないもの。長い時間をかけてグラフィティの文化を育てて、ブリストルをアートの街に押し上げてきたのは、私たちライターだわ。品のないライターが増えないように、私はクルーを作った。市議会も、そのことをわかっていないわけじゃない」

ララはそこで言葉を区切る。ジェイエフが紙のカップに入ったコーヒーをみっつ持ってきて、俺たちの前に置いた。

俺はジェイエフに礼を言うと、コーヒーに口をつける。しばらく外にいて寒かったから、あたたかい飲み物はありがたかった。

「あ、おいしい」

思わず感想が口から出てしまう。なんだか酸味があって、フルーツみたいな香りがする。今までに飲んだことのない味だ。

「ジェイエフのコーヒーよ。今日はごちそうするから、気に入ったら今度また来てあげて」

ララが指差した緑色のバスのほうを見ると、ジェイエフが満面の笑みで親指を立てていて、俺は思わず片手を上げて返す。

「……でも、市議会は最近になって、ウルサの撤去とパフォーマンス・ステージの解体を一方的に通告してきたの。このふたつだけじゃない。多分、ベアー・ピットのグラフィティも一掃するつもりでしょうね」

「本当ですか？」

「嘘《うそ》なものですか。頭の固いお偉いさんはね、治安が悪くなると思っているのよ。自分たちの政治の下手さを、私たちのせいにしてる。ホームレスの溜《た》まり場《ば》、麻薬取引の温床……そんなの別に、私たちだって望んでないのに。ホームレスにだって居場所は必要よ。それにうちのクルーが麻薬なんてやってたら、絶対に許さないわ」

「一方的に、って言いましたよね。話し合いは……」

「申し入れても音沙汰なしよ。署名もずいぶん集めたんだけど、交渉のテーブルにつく気がそもそもないみたい」

俺はコーヒーをすすりながら、ベアー・ピットがどんな場所なのか、決めあぐねていた。

ララと顔を合わせた瞬間はまさに一触即発だったし、ひしめくグラフィティからは、市議会の言い分のようなちょっと怖い雰囲気も、感じなくはない。しかしこうしてララの話を聞いていると、そう単純な話でもないようだ。

「やつらが強引に浄化を進める気なら、私たちだって戦うわ。それで仲間を集めていたの。市議会にそうとわからないようにね」

なるほど、と俺は思う。さきほど気になった、敵、というのは、市議会のことだったのだ。

ララはそこまで話して立ち上がり、テーブルに手をついて、身を乗り出した。

「ブー。ヨシ。私たちと戦ってほしい。市議会のやり方は許せないわ。ベアー・ピットを、ううん、ブリストルを守りましょう。ゴーストが戻ってきたとなれば、みんなも盛り上がる。競ってきた私たちが一緒に新しいグラフィティを書けば、みんなひとつに……」

「……だ」

「いま、なんて言ったの？」

「いやだ《ネバー》。あたしは書かない。やるならひとりでやれ」

いつの間にかコーヒーを飲み終わっていたブーディシアは、ぐしゃりと音を立ててカップを潰した。

「ねえ、ブー。なんでそんなこと言うの？　私たちがここで戦わなければ、ブリストルのグラフィティは潰される。どうしてそれがわからないのよ！」

ララの声は、ほとんど悲鳴に近かった。しかしブーディシアは、取り合おうとしない。

「別にお前がやるのは止めねーよ。あたしを巻き込むな」

「巻き込むな、ですって？」

ララは重そうなブーツを鳴らしながら、座ったままのブーディシアの横に立つ。

「あなたにだって責任があるのよ、ゴースト！」

　ブーディシアは、顔を上げなかった。

「ブリストルのゴースト。神出鬼没の幽霊。上書き専門のライター。中途半端なグラフィティを書けば、必ず闇から現れて、息の根を止め《オーバーライト》に来る。……そのゴーストがいなくなった。下手なグラフィティを書いても上書きされなくなった。だからダサいライターが調子に乗って、節操ない落書きばかり増え続けてる。市議会は、それで動き出したのよ！」

「知らねーよ《アイ・ドント・ケア》。あたしには関係ねー《ナン・オブ・マイ・ビジネス》」

「この街は助けが必要だわ《ブリストル・ニーズ・ケア》！　あなただってライターでしょ《ライティング・イズ・ユア・ビジネス》！」

　ララは自分の感情を払うように首を振ると、大きく息を吐く。それから悲しみをたたえた表情のままで、続けた。

「……私は、ブリストルに生まれたことを、誇りに思ってる。だからこの街の文化を守りたい。ブー、あなたにもわかるでしょう？」

　彼女はそう言うと、大きな瞳で、ゆっくりと、ベアー・ピットを見渡す。

　ペニーやジェイエフが、なぜそれほどまでにララを尊重するのか。この小柄な人がどうしてグラフィティ・クルーをまとめられているのか。俺はようやく少しだけ、わかった気がした。

　しかし、ブーディシアは、そんな言葉を、正面から突き返す。

「黙って聞いてりゃ偉そうに。てめーの言うことホイホイ聞いて喜んでんのはてめーのお仲間だけだ！　指図すんじゃねー！」

　俺はその剣幕に、思わず身を縮める。

「なんだよてめーは、救世主のつもりか？　手下を集めて悦に入りやがって、おめでたいにもほどがある。船長《キャプテン》？　笑わせんな。お前は小人《ドワーフ》の家から一歩も出ねー白雪姫《スノー・ホワイト》だ。あたしもヨシも、てめーに褒めてもらいたくてハイホーハイホー言ってる小人じゃねーんだよ」

「なんですって？　……もう一度言ってみなさいよ。私のことはともかく、クルーのことを馬鹿にするのは許せない！」

「何度でも言ってやるよ。てめーとお仲間の革命ごっこに付き合う気はねー！」

　まるで火山の噴火だった。

　面倒くさがりで、動きたがらない人だと思ってはいた。口が悪いとも思っていた。

　しかし、この激烈な怒りは、なんだ。

　せっかくララと出会って、ブリストルとベアー・ピットの状況について知ることができて、グラフィティの誤解も解けたというのに。

　俺はなんとか制止しようと、口を挟む。

「あの、ブーさん、ちょっと待ってください」

「うるせー！　だいたいヨシ、お前がフラフラこんなところに来なけりゃな、あたしはこいつに会わなくても済んだんだ。お前が名前言わなきゃバレなかったしな。たいした親切だよ！」

「ちょっとブー。八つ当たり？　やめなさいよ、みっともない」

火に油どころか、火口にガソリンだった。

俺がブーディシアのさらなる怒りの予感に、首を縮める。

しかし、代わりに耳に飛び込んできたのは、ブーディシアの名前を呼ぶ声だった。

それは予想もしない、しかし、聞き慣れた声だった。

「探したんだよ、ブー、ヨシくん！」

「ジョージさん？」

どうやら走ってここまで来たらしく、息は上がっているし、服も乱れている。驚く間もなく、ジョージは告げる。

「大変なことになったんだ！」

Chapter 3
"Over the Bridge"

「どうしたんですか、ジョージさん」

「グラフィティが……グラフィティが書かれたんだ！」

「落ち着けパセリ。そんなの日常茶飯事だろーが」

膝に手をついて体を支え、息を切らせながらなんとか語るジョージに、ブーディシアは機嫌を損ねたまま質問をぶつける。

「それが……クリフトン吊り橋《サスペンション・ブリッジ》なんだよ！」

こんなに慌てているジョージを、俺は見たことがなかった。様子からすると、よほどの大事らしい。

「いったい、なにが起きたんです？」

「ヨシくん。……そうだな、君にも協力してもらわないといけないだろうからね」

そう言いながら、ジョージは体を起こして呼吸を整える。

「クリフトン吊り橋《サスペンション・ブリッジ》は、おおよそ150年前に作られた、世界最古の本格的な吊り橋だ。ブリストルを象徴する歴史的建造物だよ」

「そんなところに書くなんて。歴史と文化へのリスペクトがないライターは、三流だわ」

ララの言葉を聞いて、俺は〈上書き《オーバーライト》〉のルールを思い出していた。確かに歴史的な建築より価値のあるグラフィティなんて、そうはないだろう。

「そんなに騒ぐことか？　別に消せばいいだろ」

一方、ブーディシアはパーカーの紐《ひも》を引っ張りながら、興味なさそうにしている。

「サイズが桁違いなんだよ。なにせ……吊り橋の主塔全体なんだ！」

「なんですって！」

「おいおい、主塔って、確か……」

ララが息を呑《の》み、ブーディシアも手を止める。

「うん。30メートルはある。その一面ぜんぶがグラフィティだからね。言っただろう？　とにかく大変なんだ！」

150年前の建築に書かれた、30メートルのグラフィティ。

さすがの俺にも、とんでもない事態だということが徐々にわかってくる。

「加えてタイミングも最悪だ。市議会がグラフィティに対する態度を硬化させている今、グラフィティは悪だ、一掃すべきだと、歴史的建造物への破壊行為を引き合いに出して言われたら、さすがの僕も反論しにくい」

「そうとは限らないわ！　これを機にライターが結束すれば、市議会に対抗できる！」

「そうだね……だからこそ、かな」

ジョージは悩ましそうに額に手のひらを当て、俺のほうを見た。

「90年代にね、レイブっていう大規模なダンスパーティが流行したんだ。麻薬の温床になっていたこともあって、警察が介入せざるを得なくなった。そこでカルチャーを愛する市民と衝突《コンフリクト》を起こしたことがある」

「衝突《コンフリクト》……」

「ごめん、言い方がちょっと婉曲《えんきょく》だったね。ちゃんと言い直そう。暴動《ライオット》だ。警察と市民が対立して、争いになった」

「暴動ですって？　みんな、警察から身を守ろうとしただけでしょう！」

ララが抗議する。いずれにせよ、現在のブリストルの平和な様子からは、想像もつかない。

「君の言うこともわかるよ。……僕が言いたいのはね、市議会がそういう事件の再来を警戒してる、ってことなんだ。グラフィティには力がある。暴動のときも、グラフィティが旗印になったんだ。だからこそ、市議会も無視できない。浄化で済めばまだいいほうだ。警察を使った実力行使に乗り出す可能性だってある。僕としては、穏便に済ませたいんだけれど……」

「あなた、ひょっとして市の……」

ララが手を口に当てて、俺は思わず、息をひそめる。

そう。ジョージは市の職員。ララはグラフィティ・クルーを率いるライター。言うなれば、ふたりは宿敵同士なのだ。

しかし、その心配は、杞憂《きゆう》に終わる。

「キャプテン・ララ。君のことはよく知ってる。僕の名前はジョージ。お察しの通り市の職員だ。けどね、無秩序になりがちなライターをまとめてくれている君には感謝してる。いろいろ言いたいことがあるのはわかる。だけど今は緊急事態だ。悪いけど、休戦としてほしい」

「は！　聞いたかペニー！　市議会の犬がついに頭を下げたぜ！」

「へへ、キャプテン、さすがっす！」

「ジェイエフ、ペニー。あなたたち、喜んでいる場合じゃないでしょう！」

ジョージの言葉に急に元気を取り戻したジェイエフとペニーだったが、ララに怒られ、再びしょんぼりしていた。

「ともかく、僕はすぐに市庁舎に行って、なんとか状況を説明しなくちゃならない。ブー。グラフィティを書いたライターを見つけてくれ。僕が話をつける」

「は？　なんであたしが」

「警察に先に押さえられたらまずいんだよ。もし監視カメラに写ってたら、時間の問題だ。いいかい、そのへんの壁に書いたんならともかく、歴史的建造物の器物損壊《ヴァンダリズム》は10年までの懲役か、5000ポンド以上の罰金だぞ。しかもこのタイミングだ、警察も本気で動く。さすがの僕も一度拘留されてしまったら、直接は手が出せない。報道も今は止めているけど、時間の問題だからね」

俺は気づかれないように、ブーディシアの横顔をそっと見つめる。

彼女は静かだった。なにをどう思っているのか、察することはできない。

けれど。

なんとなく、このままでは、いけない気がした。

「ブーさん」

「なんだよ。あたしはやらねーからな」

俺は取り合おうともしないブーディシアに顔を寄せて、小さな声で言う。

「……ちょっと」

「えっ、な、なんだよ？」

「一緒に探しましょう。ブーさんなら、できると思うんです」

「ヨシ、お前……」

「本当にグラフィティがなくなってもいいなんて、ブーさんだって、思ってないでしょう」

「そりゃ……」

「俺は嫌です」

そうだ。俺はまだ、なにも知らない。

目の前の彼女のことも、グラフィティのことも。

それから、俺が抱える、問いの答えも。

しばしの沈黙があった。音楽だったら、演奏が止まったと思われるくらい。その間、俺はブーディシアの瞳を見つめていた。その青く透明な目には、いったいなにが映っているのだろう。

「……わかった。お前が言うなら行く」

口を尖《とが》らせて、小さな声で言ったその言葉を、俺はもちろん、聞き逃さなかった。

「ブーさん！」

「こ、今回だけだからな！」

「話はついたかい？　頼んだよ、グラフィティ探偵《ディテクティブ》！」

ジョージは軽やかにそう言うと、来たときと同じように、急いで走り去っていく。

本当に緊急事態だろうに、それでも俺たちを探しに来たのだ。たとえ必要とされていたのがブーディシアだったとしても、その期待には応えたい。そんな気持ちがあるのも、嘘《うそ》ではなかった。

「……私も行くわ」

黙っていたララも、意を決したように、こちらに視線を向ける。

「当たり前でしょう。味方にせよ敵にせよ、書いたライターを見つけ出さないと。ここで黙っていたら、キャプテンの名が廃るわ」

「キャプテンー！」

「かっこいいっす！」

「ジェイエフ、ペニー。留守は頼んだわね。今回の件はクルーに連絡、なにかわかったことがあったら教えて頂戴」

ジェイエフとペニーは実に息の合った返事をすると、別々の場所に走り去っていった。市議会が大混乱なら、彼らだってそうだろう。俺は彼らの姿を見送ってから、改めて目の前のふたりに視線を戻す。

ブーディシアとララは、無言で向き合っていた。

俺は声をかけるべきか迷った。これがライター同士の問題なのだということは、わかっている。そして俺は、ライターではないということも。

なにも言わないまま、ララは右手を出した。

ブーディシアは、自分の両手を見つめて、少し考えてから、ララの前に右手を出す。その瞬間、パッ、とララはその手を摑《つか》んだ。

「熱くなって悪かったわ。ごめんなさい」

「いや……その……あたしも……」

ブーディシアはうまく返事ができず、もごもごとしている。

「とりあえず、今は一緒に行きましょう。さっきの……ジョージ、だったかしら？　彼の言葉を借りるわ。一時休戦よ」

ララは手を離してブーディシアの肩に乗せ、顔を寄せると、にっこりと笑った。

「あなたのことは、あきらめないけどね！」

ブーディシアの固く結んだ口元がほどかれることはなかったけれど、それでもしっかりと、彼女はうなずいた。

ララの手が離れた後、ブーディシアと目が合った。彼女はなにも言わなかった。単に乗り気でないというのとも、吊り橋のグラフィティが気にかかるというのとも違う、複雑な表情をしている。

なにか言おうと思ったが、考え直して、ララに倣うことにした。

俺は今の自分にできる、精一杯の笑顔を、ブーディシアに向けた。

クリフトン吊り橋《サスペンション・ブリッジ》は、ブリストルの西側を流れるエイボン川にかかっている。ベアー・ピットから歩くとそれなりの距離だ。平地ならこれくらいの距離、なんともないのだが、ブリストルはやたらに坂が多い。脚に重みを感じる俺をよそに、ブーディシアとララは息ひとつ切れていない。街中を飛び回るグラフィティライターなら当然、なのかもしれない。

「これが……」

「でけーだろ」

言葉を失う俺を見て、ブーディシアは得意気に胸を反らす。

実際に目の当たりにすると、吊り橋は、本当に、巨大だった。

深く広い渓谷に、ふたつのレンガ造りの主塔が立っていて、その塔と塔を白いケーブルが結んでいる。ケーブル、といってもそれは紐《ひも》のようなものではなく、重ねた鉄の板を拳ほどもあるボルトで留《と》めた実に豪快なもので、幅は人間の肩より大きいくらいだ。主塔はさすがに古めかしい感じがするものの、ケーブルは綺麗《きれい》に白く塗装されており、何度も塗り直されているこ
とが察せられる。あちらとこちらを結ぶ道路には自動車がそれなりの速度で行き交っていて、19世紀のものらしい建築が、今も普通に日常生活に使われていることに驚きを覚える。

「ちっ、警察がうぜーな」

「さすがにものものしいですね」

吊り橋の周囲では、蛍光イエローの安全ベストを着た警官たちが何人か話し込んでいた。通行止めをするほどではないようだが、それなりの捜査が行われているらしい。いかにも大事になりそうな雰囲気に、俺は密《ひそ》かに体を強張《こわば》らせた。

「あ、あれ、なんです？」

俺は足を止めて、指をさす。橋の近くの建物に、不思議なものが取りつけられていた。薄いプラスチックでできたそれは、黒い小さな円と、ふたつの赤い楕円《だえん》を組み合わせた飾りのように見える。

「あれはポピーの花ね。イギリスでは戦没者追悼記念日《リメンバランス・デー》が近くなると飾られるのよ。戦争で亡

くなった人を悼んでね」

　ララにそう言われてあたりを見回してみると、たしかに橋のそこここに飾られていた。なるほど、黒い部分は花の中心、赤い楕円《だえん》は花びらを模した簡易な造花、というわけだ。

「本物の花じゃないんですね」

「めんどくせーからな。式典じゃあるまいし。ま、そりゃわざわざ買ってくる思い入れのあるやつもいるんだろーけどさ」

　ブーディシアは笑う。死者を悼むのに面倒もなにもないとは思うが、合理的なところがなんともイギリスらしい気もする。

　俺たちは、肝心のグラフィティが書かれている壁面に向かう。

　グラフィティは、30メートルあるとジョージが言っていた2本の主塔、その両方に書かれていた。

　手前の塔には、黒一色で、炎のような模様が書かれているようだった。曖昧なのは、あまりにも巨大すぎて、全体像が見えにくいからだ。

「あらまあ《オー・ディアー》」

「こいつは……」

　さすがのララも衝撃を受けたらしく、息を呑《の》んでいる。ブーディシアは腕を組んで、なにか考え込んでいるようだった。

「驚いたわ。普通のライターじゃないわね」

「ああ。技術《スキル》もそうだけど、こんなところにこんなでけーもんを見つかる前に書くだけでも並大抵じゃねー」

グラフィティなら山ほど見てきたはずのふたりの反応から、この絵がいかに衝撃的か、俺にも察せられた。

「これ、どうやって書いたんですか」

こんな大きなもの、普通に壁に向かい合うだけでは書けない。なにか特殊な方法があるのだろうか。

「でけーグラフィティを書くときは、工事するときみたいな足場を作ったり、高所作業車《バケット・トラック》を借りてくるんだけど……」

「どっちも狭くてここでは無理ね。ブー、梯子《ラダー》でいけると思う?」

「この高さだぞ。そんなグラグラするもんに乗って書けるかよ。風が吹いただけで地獄行きだ。そんなの自殺《スーサイド》だろ」

俺は橋のフェンス越しに、下を見てみる。エイボン川ははるか下だ。何メートルあるのか想像もつかない。落ちればただでは済まないだろう。考えただけで背筋が寒くなった。

「反対側も行くぞ」

ブーディシアは腕を組んだまま、足早に対岸に向かう。俺とララはそれを追いかけた。

警察に警戒の眼差《まなざ》しを向けられつつも、俺たちはもうひとつの主塔を見上げる。

こちらの絵も、なんとなく人間が書かれている、ということはわかるが、近すぎて全体像は判然としない。上を向きすぎて、首が痛くなりそうだった。

「ブーさん、あのときみたいに、なんのスプレーが使われているか、とか、わかったりしないんですか？」

俺は淡い期待を込めて訪ねてみる。

「これはフレイムのオレンジだな」

当然、といったトーンの返答が返ってきたことに、俺は少し驚く。しかし気になるのはその内容だ。

「炎《フレイム》？　橙《オレンジ》？」

さっきのグラフィティには確かに炎が描《えが》かれているような気がしたが、こちらにはそういった模様は見えない。それにスプレーも黒一色に見える。

「フレイムはスプレーの銘柄《ブランド》だ。アクリルで油性のやつと塗り味が違うからすぐわかる。で、スプレーにはだいたい圧が二種類あんだよ。フレイムの場合、低圧《ロープレッシャー》がブルー、高圧《ハイプレッシャー》がオレンジのラベルなんだ。低圧《ロープレッシャー》のほうが細かく書くのに向いてて、高圧《ハイプレッシャー》のほうが勢いがあるって感じだな。しかもこいつは純正ノズルじゃねー、一気にブワッと塗料が出るファットノズルにわざわざ付け替えてる。絵がでけーとはいえ、めちゃくちゃラフでピーキーなスプレー一色でこんだけ書いてるんだから、相当な実力だ」

俺が感心していると、ララは怪訝《けげん》そうな顔でブーディシアを見た。

「ブー、あなた、見ただけでそんなことまでわかるの？」

「え？　ライターなら普通にわかんだろ」

「……あなたって、無自覚に嫌味よね」

「はあ？　なんであたしがディスられなきゃなんねーんだよ。94《モンタナ》ぶつけんぞ」

俺はそのやり取りに笑ってしまいそうになる。ライターといえばブーディシアしか知らなかったから、俺も普通のことなのかと錯覚していたのだけれど、どうやらそういうわけでもないらしい。

「あとはここからじゃわかんねーな。全体が見えねーと話にならねー」

「そうね。となると……」

「ああ。こっちだ」

「ちょ、ちょっと待ってください！」

橋を引き返すブーディシアとララに、俺はついていく。もとの岸に戻ると、ふたりは吊り橋の脇にある坂道に向かった。

「ええ、登るんですか？」

「情けねー声出してんじゃねーよ」

「ふふ、もうちょっとだからがんばりましょう？」

グラフィティ・ライターの体力は底なしなのだろうか。それとも全ブリストル市民がそうなのか。俺は疲れた様子もなく坂を登っていくふたりを追いかけて、ふらつく脚に活を入れた。

坂道を登っていくと、やがて見晴らしのよい丘の上に出た。ベンチなども置いてあって、のんびり本を読んでいる年配の女性が目に留まる。

しかしなにより目を引くのは、景色だった。

ここからなら、吊り橋と川が一望できる。橋の上から見たのに勝るとも劣らない美しい景色が、そこには広がっていた。

「ちょっと限界です。休ませてください」

俺が情けなくもベンチに腰をかけると、ブーディシアが隣にドサリと座り、そのさらに隣にララがふわりと腰をかけた。

「ヨシ、体力ねーな。肉食ってねーからだ肉」

「あら、私は野菜中心だけど全然平気よ」

「だからちっせーんだろお前はさ」

「む、失礼ね。ということはなにかしら？　ブーのここがこんななのも、お肉のおかげなのかしら？」

「や、やめろ！　触んな！」

早々に腰を下ろした俺が言えることではないが、なんと緊張感のないやり取りだろうか。のしかかる疲労と美しい景色、それから緩んだ空気で、犯人を見つけるというミッションを一瞬忘れそうになる。

しかし橋に書かれたグラフィティの鮮烈さは、そうさせてはくれなかった。

ここからなら、ふたつの主塔に書かれたグラフィティ、その両方が、はっきりと確認できる。遠目に見ると、かえってその巨大さと異様さが際立つ。

それは、謎めいた奇妙な絵だった。

ブリストル側の塔に書かれていたのは、巻き上がる炎だった。縦に長い主塔をいっぱいに使って起こる火柱は、黒しか使われていないのに、まるで本当に主塔が燃えているかのような錯覚さえ与える。

ここからよく見ると、その火柱の中には、人間がいるように見えた。誰かが燃えている。俺は背筋が寒くなる。いったいどういうことだろう。

対岸の主塔には、毛皮らしきものをまとった筋骨隆々の男が書かれていた。瓶を手に持って、今まさに投げようとしている。その姿は荒々しく、しかめられた表情は怒っているように感じられる。傍らに突き刺さっている棒状のものは、土を掘るシャベルのようだ。

気がつけば、ふざけていたふたりも、真剣な眼差《まなざ》しで、遠くのグラフィティを見つめている。

「絵柄は見覚えないように思うわね」

口を開いたのはララだった。もちろんララといえどすべてのライターを知っているわけではないだろうが、少なくとも有名なライターではない、ということだろうか。

「……普段はピースとかミューラルは書いてねーんだろ」

「スローアップとか、タグ専門ってこと？」

「まあ、そうかもな」

「えーと、なんです？」

俺は話についていけず、実に間抜けな質問の仕方をしてしまう。

「タグは一色で素早く書くグラフィティのことよ。スローアップはもう少し凝った、文字中心のものね」

笑いながらララがした説明を、途中からブーディシアが引き継ぐ。

「そんでピースっつーのは傑作《マスターピース》の略。気合の入ったやつをそう言うんだ。壁画《ミューラル》ってのはでけーグラフィティのことな」

「でも、今だとオーナーの許可を取ってお店とかに書くものを、そう言うことも多いわね」

確かに、無許可で書いているにしては手のかかりすぎている絵を、幾度か見たかもしれない。

「ま、どう見てもこいつは許可取ってねーよな」

そう言ってブーディシアは、顎で遠くの巨大なグラフィティを指す。

「……まったく、気に入らねー」

しかし妙に歯切れが悪い気がする。俺の視線に気づいたのか、ブーディシアと目が合うが、彼女はすぐにそれを逸《そ》らした。

「うーん、どうしたものですかね……」

全体像はわかった。だが、それだけだ。なにか取り掛かるべき手がかりがなくては、考えようもない。

俺は改めて、グラフィティを見てみる。

「あの手に持っている瓶、なんでしょう」

指差しながら、ブーディシアとララに聞いてみる。

半分は自分の考えを整理するための質問だった。男のほかに描《えが》かれているのは、ショベルと瓶だ。ショベルが地面に刺さっているのは理解できる。しかし瓶は投げるものではない。この絵の中の男には、瓶を投げる理由があるはずだ。

「そうね。反対側の塔に書かれている、炎に向かって投げているのかしら」

「瓶と炎、燃える男、か。……モロトフ・カクテルかもな」

ブーディシアの発言に、ララは手を打つ。

「それよ！　だとしたら、これ、『マイルド・マイルド・ウェスト』だわ！」

ララはスマートフォンを取り出し、ある一枚のグラフィティの写真を表示させてこちらに向ける。

「これよ」

マイルド・マイルド・ウェスト。独特に変形された文字で一番上に書かれているこのフレーズが、このグラフィティのタイトルなのだろう。周囲の様子からすると、どうやら壁に書かれているらしい。左側には、大きな四角い盾を構えた男たちが三人並んでいる。特徴的なドーム状の帽子を被《かぶ》っているところを見ると、おそらくは警官隊だろう。黒い背景に白い輪郭線だけで描《えが》かれたそのシルエットは、精密とも荒っぽいとも言えない独特の雰囲気を醸し出している。

変わっているのは、その警官隊が対峙《たいじ》している相手だ。なにやら白いもこもこしたクマのような生き物が、瓶を左手に持っている。橋に書かれているものとそっくりだ。そして、白く塗り潰《つぶ》して地面を表現した画面の下の方には、太い幾何学的な文字で、こう書かれていた。

BANKSY。

「これって……」

「ええ。バンクシーのグラフィティよ」

噂《うわさ》に聞くグラフィティ・ライターの作品と、この橋のグラフィティに、関係があるのだろうか。俺はララの手の中のスマートフォンと、吊り橋のグラフィティを見比べる。

「この瓶が、その、カクテルなんですか？」

「ああ。モロトフ・カクテルっつーのは通称だ。要は火炎瓶だな」

確かによく見ると、クマの持っている瓶からは、炎が出ている。しかしだとしたら、かわいらしいクマが持つようなものではない。

「どうしてそんな危険なものを……」

俺の疑問に答えたのは、ララだった。

「レイブをめぐって市民が警察とぶつかったって、ジョージって人が言ってたでしょ？　そのときブリストルの市民は、火炎瓶《モロトフ・カクテル》で立ち向かったそうよ」

ジョージの話を聞いたときは、警察と市民なんて、一方的すぎて争いにならないと思っていた。しかし市民も武器を持ったとなれば話は違う。それは俺が想像していたより、はるかに激しい闘争だった。まさに暴動だ。

「そのときの様子を描《えが》いたのが、このグラフィティ。だからこれは弾圧に抵抗した、ブリストルのアンダーグラウンド・カルチャーの象徴なの。私たちは、ただ警察に足蹴にされるだけじゃない。その気になれば、革命だって起こせる。世界を変えられる。バンクシーのこのグラフィティは、そのことを教えてくれるわ」

「バンクシーは、ここからすっげー有名になった。今じゃ市がこのグラフィティを保護しようとしてんだぜ。笑えるだろ」

ララが目を輝かせているのに対して、ブーディシアは冷淡だ。ジョージとの話のときもそうだった。バンクシーには複雑な想《おも》いがあるのかもしれない。

「私がグラフィティを始めたころは、ベアー・ピット周辺はそんなに危険な雰囲気じゃなかった。それはひょっとしたら、バンクシーたちが勝ち取ったものかも知れない。壁を作品として保護しようとしているくらいだもの。グラフィティを認める人が多くなれば、警察だって市議会だって、無茶はできなくなるはずだわ」

ララはそう言って、遠くのグラフィティを見つめる。

「私も本当のところは知らない。見てきたわけじゃないし。けど、私も戦いたい。かつてバンクシーたちが守ったものを、私も守りたい。……このグラフィティを書いた誰かも、きっと同じ気持ちだと思う」

俺はグラフィティのことを、まださほど知らない。けれど、この街と、その歴史と、そしてこれまで生きてきた人たちの想《おも》いが込められているものだということは、よくわかった。壁に書かれたたったひとつの落書きに、これほどまでに重いものが託されているなんて、想像もしなかった。

そしてそれは、今も脈々と受け継がれている。ララや、このグラフィティを書いたライターが、それを引き継いでいる。

バンクシーの作品を引いて、街のために書かれた作品。

この吊り橋に書かれたグラフィティも、そんな想《おも》いを背負っているのだろうか。

俺は改めて、その絵を見る。

「なんで熊じゃないんでしょうね」

「どういうこと？」

ララがこちらを向いて首をかしげる。

「いや、バンクシーのグラフィティを引用しているのに、どうして熊にしなかったんだろうと思って」

「わざわざ変えたのなら、そこに意味があるかも、ということ？」

「はい。この男がいったいなんなのかはわかりませんけれど」

「うーん、原始人《ケーブ・マン》かしら。それとも、ギリシャの神様《グリーク・ゴッド》？」

「このショベルは、この人のものですよね？　原始人とか神様が、ショベルを持っていますかね」

「ショベル……そう、ショベルよ！」

俺は何気なく疑問を口にしたつもりだった。しかし、それを聞いたララが弾《はじ》かれたようにこちらを見て、俺は少したじろぐ。

「やるじゃない、ヨシ。となると、このグラフィティは、原始人でも神様でもなくて、巨人《ジャイアント》だわ！　そうなれば、次に行くところは決まりね」

「行くって、どこにですか」

「もちろん、そこよ！」

俺はララが指差す先に目を向ける。

丘の頂上にあたるそこには、いかにも古めかしい、小さな建物が建っていた。

「いったいなにがあるんです」

吊り橋に比べて、まるで現実味のない、おとぎ話のような名前。それは。

「巨人の洞窟《ジャイアンツ・ケイブ》よ」


丘の上にあるその建造物は、決して大きいものではなかった。四角い建物に円筒状の塔がくっついた形は砦《とりで》や城を思わせるが、スケールはそういったものとは比べものにならない。大きめの一軒家くらいしかなく、一分もあれば外をぐるりと周れてしまうだろう。

「これ、なんの建物なんですか？」

「クリフトン展望台《オブザベートリー》。よく知らねーけどなんか古いらしい」

「もう、ブーったら適当なんだから。いいこと、もとは風車小屋の基礎で今は現存する数少ないカメラ・オブスキュラの……」

「うっせーな、観光ガイドはどうでもいいだろ」

なるほど、古い展望台か。俺はひとまずそこまで理解して、その変わった作りに納得する。

俺としてはララの話も聞きたかったが、それは後でゆっくり教えてもらったほうがよさそうだ。

「ふーん。じゃヨシ、今度、遊びに来ましょうね。もちろんふたりで」

「えっ」

「なんでそーなるんだよ！」

「あら、ブリストルの魅力を知ってもらうのは大事なことじゃなくて？　それともブー、あなたひょっとして」

「あーもう黙れ黙れ！　いいから早く行けよ！」

「ふふ、かわいい！」

いたずらっぽく笑うララに続いて、俺とブーディシアは中に入る。ガラスのドアを開けるとTシャツを着た店員がレジカウンターにいて、いらっしゃいませ《ハイヤ》、と声をかけてきた。

外側の古色蒼然《こしょくそうぜん》とした佇《たたず》まいから想像もしなかったモダンな雰囲気に呑《の》まれている間に、ララはポンド紙幣を店員に渡していた。

「なにを買ったんですか？」

「チケットよ。巨人の洞窟《ジアイアンツ・ケイブ》の」

「巨人の洞窟にチケットを買って入るなんて、不思議な感じですが……」

「ちなみにひとり2・5ポンドよ」

「しかも妙に安いですね」

「あら。もともとは無料だったのよ？　高いくらいよ」

ララはブーディシアと俺からポンドを受け取ると、店の奥に進んでいく。

巨人の洞窟《ジァイアンツ・ケイブ》と言われてゲームに出てくるようなファンタジーの風景を期待したのだが、そこはかとなく香る流行《はや》っていない観光地の雰囲気に、俺はやや落胆していた。そんな勝手な気持ちなど知る由もなく、ブーディシアとララは奥の短い階段を下りると、ドアを開けてさらに進んでいった。

「うわ……」

しかし、ドアの向こうに広がっていたのは、予想外の光景だった。

なんの変哲もない店の奥に、穴が開いていた。

後から据えつけられたのであろう鉄の階段は、岩でできたその穴に繋《つな》がっている。ケーブルが剝き出しになった簡素きわまりない照明に照らされるその威容は、洞窟というよりも炭鉱を思わせた。

「ここ、酸素来てます？」

俺は思わずそう聞いてしまう。その空間は、それほど急で、狭い。

「ふふ、大丈夫よ」

「なんだヨシ。お前ビビってんの」

「いきなり目の前に洞窟が現れればこうもなります」

「最初に言ったじゃない。巨人の洞窟だって」

「いえ、名前の割に狭すぎません？」

「ヨシったら、意外と怖がりさん《スケアディキャット》。先行くわね」

「おい、ナメられてんぞ！」

「いやそれは別にいいんですが」

ララを先頭にして、ブーディシアが続く。この唐突な風景にも臆さないふたりを追いかけて、俺は慎重に足を進めていった。

申し訳程度に設置された錆《さ》びついた手すりは右側にしかない。威勢のいい様子とは裏腹に、ブーディシアは削られ階段状になった地面を、ゆっくりと下りていく。ララはどんどん洞窟の奥に行っていて、俺たちは少し遅れる格好になる。

「ブーさん、大丈夫ですか？」

「お前に心配されひゃあっ！」

悲鳴が聞こえるのと、ブーディシアの体ががくりと下がるのが同時だった。俺はとっさに、全身で彼女を背中から受けとめる。重い感触。

「大丈夫ー？」

ララのよく通る声が洞窟に響く。振り返って心配そうな顔をしているのが遠くに見えた。

「大丈夫ですー」

俺は答えを返す。そして地面に頭をぶつけたりしなくてよかった、と胸を撫《な》で下《お》ろす。

「……あのさ、ヨシ」

「はい」

「離してくれる」

俺はブーディシアにそう言われてはじめて、後ろから彼女を抱きとめるかたちになっていることに気づく。

「えっ、ああ、すみません」

すぐに体を離す。改めて意識すると、残った感触がなんだかあたたかい。

「その……ありがと」

彼女はそう言って、口を尖《とが》らせ眉間を寄せて、とても感謝しているとは思えないような顔をする。

「ちょっと焦りました。死ぬかと思いました」

「別にあたしがコケてもお前は死なねーだろ」

「死ぬほど嫌ですよ。もう……油断しないでくださいね」

こんなところで頭でも打たれたらまったくグラフィティどころの騒ぎではない。煌々《こうこう》と光る蛍光灯に照らされる彼女の顔を見ながら、俺は心の底から安堵《あんど》していた。

「な、なんだよ！　お前あたしのおかん《ママ》……」

「はいはい、なんでもいいですから。とりあえず俺が先に行きますね」

「……お、おう」

ブーディシアのうっかりぶりは伊達《だて》ではない。足場が悪いとはいえ口ぶりからして何度も来たことのあるであろう場所でこれだ。まったく気が抜けない。

俺はブーディシアの横をすり抜けて先に進もうとするが、途中でなにか引っ張られる感じがして振り返った。見ると彼女の左手が、ぎゅっと俺の服を摑《つか》んでいる。そしてその唇も、同じくらいぎゅっと結ばれていた。

「ふたりとも、無事かしらー？」

「はいー」

ララは俺たちの無事を確認すると、前を向きなおして下りていく。慣れていそうなララでも、こうも足元が悪いと自分のペースで進んだほうが安全だろう。それは俺たちも同じことだった。頭をぶつけないよう、少し屈《かが》みながらゆっくり奥に進むと、今度は梯子のように急な階段が姿を現す。

「うわ……急ですね」

思わず漏れたそんな言葉に、ブーディシアからの返事はない。代わりに引っ張られる力が強くなったような気がした。俺はそれを返事代わりに受け止めながら、手すりで体を支えて、一歩ずつ下りていった。ララは先に行ってしまったようで、もう見えない。

ぴったり30段をようやく下り切ると、小さな空間の先が眩《まぶ》しく光って、俺は目を細める。

「出口……？」

「ああ。別にどこかに行けるわけじゃねーけどな」

左手を離して、ブーディシアは言う。さっきまでの緊張などなかったかのようにスタスタと歩いていくブーディシアに続くと、逆光の中にララのシルエットが浮かび上がっていた。

光の方向に進むと、そこは洞窟の出口だった。

そして確かに、どこにも行けなかった。

空中に躍り出たような気分だった。すぐ下には川が流れていて、対岸は木で覆われている。渓谷の間を吹く風が冷たい。なるほど、崖の中を下ってその中腹に開いた穴から顔を出したのだ、と気づくのに、少し時間がかかった。

俺たちは洞窟の出口にあるバルコニー状の部分に立っていた。景色に目を奪われていたが、よくよく見てみると、完全に空中に飛び出しているにもかかわらず、床は鉄の板を組み合わせたメッシュ状で、かなり心もとない。下には川と岩。落ちたら間違いなく即死だろう。

そういえばと思い橋のほうを見てみる。炎に巻かれた人が書かれている手前の主塔は、崖に遮られて見えない。火炎瓶を持った巨人だけが佇んでいるように見えた。

「この洞窟と、あのグラフィティが、関係ある、ということですよね」

「ブリストルにはね、巨人の伝説があるのよ」

ここに来てなお今ひとつ事態を摑《つか》めていない俺に対して、実に楽しそうにララは言う。彼女はブリストルの話をするとき、いつも活《い》き活《い》きとしている。

「昔々、ゴラムとガイストンという、ふたりの巨人がいました。ふたりはアボナという美しいお姫様に、恋をしました」

手を合わせてキラキラと目を輝かせながら、ララは芝居がかった調子で言う。

「そのころ、ブリストルには大きな湖がありました。アボナはこの湖を空にした方と結婚する、と言いました。……なかなかロマンチックでしょう？」

「そんな話だっけ？　殴り合って決着つけるんだろ？」

「ブー、あなたってびっくりするほどワイルドよね。そこがかわいいんだけど！」

「う、うっせー！」

いろいろ言いたいこともあるような気がしたが、俺はとりあえず黙って最後まで聞くことを選んだ。このふたりの間には入るまい。

「勝負は殴り合いじゃなくて、土木工事ね。ゴラムはがんばりすぎて疲れてしまい、エールを飲んで眠ってしまいました。その間にガイストンは地道に土地を掘り進め、見事湖を空にしたの。そのときにガイストンが掘ったのがこのエイボン渓谷、湖から流れた水でできたのがエイボン川よ。ふたつとも、アボナ姫の名前を取ったのね。もちろんガイストンは、アボナ姫と結ばれましたとさ。おしまい《ジ・エンド》」

「めでたしめでたし《ハッピリー・エバー・アフター》なんてダッセェよな。なーにが美しいお姫様だ、湖を空にしてーなら自分で掘れっつーの」

「確かに動機はよくわかりませんよね。お姫様といえば為政者ですから、なにか差し迫った公共事業だったのでは」

「でもそれで谷ができてちゃさらに不便じゃねーの」

「それはそうですね。時代背景によりますが、あるいは外敵の侵略から身を守る外堀的な役割という可能性も」

「あなたたちにロマンスって概念はないのかしら……」

ララは頭を抱えている。

「とにかく！　ここが巨人の洞窟《ジャイアンツ・ケイブ》と呼ばれているのは、そのガイストンがここに住んでいたという言い伝えがあるからよ」

「巨人が住めそうな感じには見えませんけどね」

「それも正解よ。実際には4世紀の教会の跡地らしいわね」

俺はその由来に納得する。確かにここに至るまでの道のりも、ここからの眺めも、荘厳さを感じさせる。祈りを捧《ささ》げるにはぴったりだ。

ともかく、ここまで話を聞いて、俺はようやく理解してきた。

「ショベルを持った巨人……あのグラフィティはガイストンだ、というわけですね」

「ああ。反対側、火炎瓶《モロトフ・カクテル》で燃やされているのがゴラムだろうな。市議会や警察の連中は、エールばっか飲んで、やんなきゃいけねーことはなにもやってねー……ってわけだ」

この場所からだと両方の塔が見えないことが不思議だったが、それなら説明がつく。ここから見える側の塔には、住んでいたガイストンだけを書いた、というわけだ。

知れば知るほど、このグラフィティにはさまざまな意味が込められている。これを書いたのは、いったいどんな人なのだろう。

「ねえ、ちょっと。見て」

ララはなにかを見つけたらしい。壁を注視したまま、手のひらで俺たちを呼んだ。

近づいて壁を見る。とてもグラフィティと呼ぶべくもない、観光地にありがちな落書きがひしめいていた。

「ただの落書きじゃねーか」

「違うのよ。これ」

その中に、ひときわ新しい、そして異彩を放つサインがある。一色で書かれた簡潔なもの。それは橋に書かれた巨人と同じ、太い黒で書かれていた。

「ねえ、ブー。これ、読める？」

「いや……なんて書いてあるかはわからねー」

「私もよ」

「え？　そんなことあるんですか？」

グラフィティの文字は、確かに読みにくい。しかし俺ならともかく、ブーディシアとララがふたりとも読めないとは。

「なんだよこれ。絵じゃねーの」

「でも、意味がありそうに見えない？」

「そうですね……」

俺もふたりに並んで、目をこらす。

じっと見ていると、入り組んだストロークから、次第に形が浮かび上がってくる。

「……あ」

「どうしたの、ヨシ」

「読めます」

「本当！」

「はい。だって、これ……漢字《チャイニーズ・キャラクター》なんですよ」

そこに並んでいたのは、ふたつの文字だった。

「それで、なんて書いてあるの！」

ララが、顔を寄せてくる。

漢字そのものはわかるが、知っている熟語ではない。

しかし、どこか見覚えがある気もする。

「こっちは英語だと〈フェーズ〉に当たります。もうひとつは、うーん、訳が難しいですが、

〈オブリゲーション〉とか〈アプリシエーション〉でしょうかね」

「なんだよ、よくわかんねーな。サムライみてーにスパッといけよスパッと」

「なにかの暗号なのかしらね」

考え込むふたりに挟まれながら、俺はその二文字を見つめる。

そしてそのうちに、あるひとつの音の繋《つな》がりが、頭に閃《ひらめ》く。

「ブーさん、ララさん」

俺は二人の顔を見比べた。

「これ、人の名前です」

ブーディシアの顔色が、変わる。

黒一色のグラフィティ。ありえない場所に書く方法。漢字のサイン。

すべての情報が、俺の頭のなかで、ひとつの像を結んでいく。

思い浮かぶそのシルエットは、見覚えのある姿をしていた。

アイオンは俺たちの姿を見ても、眉ひとつ動かさなかった。

洞窟を出た俺とブーディシアとララは、まっすぐこのショップに足を運んだ。それ以外なかった。あの洞窟のグラフィティを見てしまった後では、結論も、行く先も、ひとつしかなかった。

「アイオン。橋のグラフィティ、あなたがやったのね！」

「さて。なんのことかな」

ララにそう突きつけられてなお、サングラスの向こうの表情は、推し量ることができない。声の調子は、いつもと変わらないように聞こえる。

「しかし、まさか幽霊《ゴースト》と海賊《キャプテン》が並んでいるさまを見ることになるとは。サングラス《シェード》をしていても眩《まぶ》しいな」

アイオンがララを知っていることについては、俺は特段驚かなかった。なにせスプレーを売るショップの店員と、店のすぐ近くで大きなクルーをまとめるライターなのだから、顔見知りなのはむしろ自然だ。

「とうとう復帰する気になったのか、ブーディシア」

「ふざけてる場合か！」

今にも沸騰しそうな温度で、ブーディシアは息をぶつける。

「アイオンさん。俺たちは巨人の洞窟に行きました。そして、あのグラフィティを見ました」

俺はアイオンの眉がぴくりと動くのを、見逃さなかった。

「多分、誰にも読めないと思って書きましたよね。俺なら読めるんです」

「なるほど。正直に言って、君の存在は忘れていたよ。これは失礼した」

アイオンはすぐに元の無表情を取り戻して、そう言った。

「ひとつめの漢字は〈相〉。ふたつめは〈恩〉。最初はそれで〈相恩〉《アイオン》だなんて、わかりませんでしたけどね。日本人でなければ、いえ、日本に精通していなければ、出てこない発想です。そんなことを考えるライターは、多分アイオンさんしかいません」

「時代、歴史、人生。ギリシャ語におけるアイオーンとは、そのような意味だ。その漢字は、キョートに足を運んだときに、ある禅寺の住職につけてもらった。時代も歴史も人生も、相互に想《おも》い合うことの積み重ねでできている、そのことを忘れるな、とね」

あたたかな響きを含んだ声で、アイオンは言う。しかしその声は、すぐに冷たい温度を取り戻す。

「……私は確かに、巨人の洞窟《ジァイアンツ・ケイブ》にタグを書いたかもしれない。だが、それは退屈紛れに書いてみたものにすぎない」

鷹揚《おうよう》に腕組みをして、アイオンは続ける。

「クリフトン吊り橋《サスペンション・ブリッジ》にグラフィティが現れたのは知っている。実際に足を運んでもみた。しかし、それはブリストルに住むライターなら、変わった行いではない。あれだけの事件があれば、見てみたいと思っても不思議はないだろう。なにより、私にはあんなところにグラフィティを書く手段がない」

本来、俺には関係のない話だった。

俺はグラフィティライターでもなければ、本来ブリストルの人間ですらない。

だけどそれでも、そうですか、と言って、引き下がる気にもなれなかった。

俺は知りたかった。

なぜ、アイオンがこんなことをしたのか。

なぜ、人はグラフィティを書くのか。

そしてそれがわかれば、きっと。

「手段はあります」

俺はそれだけ言ってから大きく息をつくと、頭の中で事実を整理し、アイオンの前に並べた。

「最初は足場を組んだのかと思いましたが、それは不可能です。あなたは主塔の上からぶらさがった。おそらくは、ロープとハーネスを使って」

「ちょ、ちょっと待って」

声を上げたのは、アイオンではなくララだった。

「そんなの無理よ。あの主塔には階段もないし、梯子《はしご》をかけるには高すぎるもの。上になんて……」

ブーディシアにもララにも、まだこのことは説明していない。

「ええ。だから、登ったんです」

「登ったって、どこを」

「あの太い板の上を、ですよ」

「落ちたら死んじゃうわ！　そんなことできる人、いないでしょう！」

アイオンは一言も発していない。むしろララの方が、俺の話に慌てていた。

「いますよ。論理的に考えて、いるに決まっているんです。足場の資材を運ぶ車も、高所作業車も入らないなら、いったいどうやって橋をメンテナンスするんです？」

「あ……」

ぽかん、とピアスのはまった口が開く。

「いくら頑丈だって、19世紀からある橋をなんの手も入れずに使い続けられるわけがありません。実際、ワイヤーの塗装は新しいものでした。メンテナンスをする高所作業員がいるはずなんです」

「ヨシ。残念だが私はショップの店員にすぎない。高所作業員の仕事はしたことがないな」

「高所作業員そのものでなくとも、似た技術を持っていればいいわけです。たとえば窓拭き、大工、電気技師、レスキュー隊、消防士、あるいは……」

「……軍人とか」

俺はサングラスに隠された、アイオンの目を見つめようとする。

「は？」

「え？」

どうしてそうなった、と言わんばかりの顔で、ブーディシアとララが振り向く。

しかしアイオンは、落ち着いた様子を崩さない。

「……ヨシ、根拠を聞こう」

「最初にお会いしたときから気になっていたんです。姿勢や身のこなしが独特でしたし……アイオンさんは肯定にアファーマティブ、否定にネガティブという言葉を使いました。これは軍隊らしい言い回しですから」

「それだけで?」

「あとは、この花です」

カウンターの上に置かれた赤い花を指差す。俺が最初にアイオンと会ったとき、ブーディシアが倒しそうになった花だ。

「ブーさんが教えてくれました。これは戦没者を悼むものだって。街中にもあるものですけど、生花は珍しいと聞いたので、思い入れがあるのではないかと」

しばらく間があって、それからアイオンの厚い唇の奥に、白い歯がのぞいた。

「……肯定《アファーマティブ》だ。私はSAS、特殊空挺部隊《スペシャルエアサービス》の出身だ」

ある程度予想はしていたものの、予想外の名前が出てきて俺はさすがに驚く。しかしブーディシアにもララにもその驚きは共有されていないようで、ふたりともぽかんとしている。

「なんだよそれ」

「イギリス軍が誇る、世界初の特殊部隊ですよ。なるほど、それなら……」

「ちょっとヨシ、ひとりで納得してないでちゃんと説明しなさいよね。どういうことなの」

こんなこと、知らなくても無理はない。俺がたまたま知っているのだって、偶然プレイしたゲームに出てきたからにすぎないのだ。

「空挺《くうてい》部隊というのは、もともと飛行機で敵地の中心まで行って、パラシュートで降りるための部隊なんです」

「そんなの自殺じゃない」

「危険な任務をこなす精鋭なんです」

「おい、それがなんの関係があるんだよ」

「パラシュートの降下は数百メートルの高さから行われるんですよ。ビルに窓から突入する対テロ訓練などもあります。あの主塔は30メートルくらい。アイオンさんなら、簡単に登れたはずです」

俺は改めて、目の前に立つ大柄な男を見上げる。最初は不可能に思われたグラフィティだったが、こうして前提を整理した上でアイオンを見ていると、なんだか簡単なことのように思われてくる。もちろんそれは錯覚で、俺はもちろん、ブーディシアやララにさえできる芸当ではない。

俺の言葉を聞いて、アイオンは、笑った。腹の底から出る豪快な声が、ショップに響く。俺も、ララも、ブーディシアも、意外な態度に面食らった。

「いや、敵《かな》わんな。ヨシ、君は聡明《ブリリアント》だ」

「どうしてなんですか」

いてもたってもいられなくて、俺は聞いた。

どのようにグラフィティを書いたか、ということは、俺にとっては、本題ではなかった。

俺が聞きたいのは、なぜ、だ。

なぜ、あんな場所に、あんなグラフィティを書いたのか。いくらアイオンならできるとはいっても、命がけであることに変わりはない。そうまでして、なぜ。

「そうだな……君たちには、話しておかなくてはならないかもしれない」

アイオンは重々しく、口を開いた。

「なに、よくある話だ。人々を守るため、軍に入って戦場に向かった。いつ死ぬかもわからない状況で、普通の市民にしか見えないテロリストと戦ううち、わからなくなった。いったい自分はなにをしているんだろう、とね」

自嘲するように少しだけ口を歪《ゆが》めて、アイオンは続ける。

「医者にはＰＴＳＤと言われたよ。軍を後にし、故郷のブリストルに戻った。……まともに仕事ができる状態ではなかったのでね。路上で暮らしていた。それこそ、ベアー・ピットあたりで、だ」

簡潔な説明だった。いや、簡潔すぎる。淡々と並べられたその事実は、しかしどうしようもなく、重い。ホームレスにも居場所が必要だ、という、ララの言葉を思い出す。

「……大きな物音を聞くたび、戦場に引き戻された。仲間を置いて戦場を逃げ出したのに、追いかけてくるとは皮肉なものだ」

「フラッシュバック……ですか」

聞いたことがあった。頭のなかで、過去の出来事が再現されてしまう症状だ。この場合は、戦場の。知識として知ってはいても、それがどんな体験なのか、俺には想像もつかない。

「当時の私は、進むべき道が見えなくなっていた。そんなときだ。たまたまゴミ捨て場で、一冊の本を拾った。禅についての本だった。読み進めるうち、私は夢中になった。そこに書いてあったんだ。修行《プラクティス》せよ、自分の心を見つめよ……とね」

「それで、グラフィティを？」

「ああ。その本が意図した修行《プラクティス》とは、違ったかもしれないがね」

アイオンは、小さく笑った。

「それでも、壁に向かって書くことで、私は己の心に向き合うことができた。日本の彫刻家は仏像《ブッダルバ》を彫るうちに悟りに至ったと聞く。それと同じだ。戦場の記憶も、いつしか思い出さなくなった。そうして仕事を得て、私は今ここにいる、というわけだ」

よくある話だ、とアイオンは言った。それは確かに、そうなのかもしれない。戦場の記憶に悩まされ、路上生活を経て、禅と出会って自らを取り戻した、ひとりの兵士の物語。

「どうして、あのグラフィティを書いたんですか」

俺は再び、聞かずにはいられなかった。

どうしても、その答えが知りたかった。

「逆に聞こう、ヨシ。君はなぜ生きる？」

予想外の質問に、俺は動きを止める。

なぜ、生きる？

とっさに答えが出ない。というより、質問が理解できない。俺は今、なにを聞かれているのだろう？

「時間は川の流れのようなものだ。一秒でさえ元には戻らない。そして私たちは必ず死ぬ。与えられた時間は瞬きにすぎない。ならば、私はなぜ、今、ここにいるのだろう」

アイオンはサングラスの奥で目線を落としながら、詩を朗読するように静かに語った。

俺の思考はまだ、その言葉の表面をなぞるのが精一杯だった。

その間にも、アイオンは続ける。

「むろん、今も答えはない。私程度では、悟りなどはるか彼方《かなた》だよ。しかし、人はそれでもなにかを選ぶことを強いられている。この街は、岐路に立たされている。私にも選ばなければならないときが来たというわけだ」

やがて戸惑いは、少しずつ溶けていく。まるで砂漠に置いた氷のように、アイオンの言葉は俺の中に染み渡っていった。

「アイオンさんは、なにを選んだんですか」

愚問だとわかっていた。グラフィティを見れば明白だ。

それでも俺は、答えが聞きたかった。

「路上生活を送っていたとき、警察は冷たかった。蹴飛ばされ、馬鹿にされ、ときには僅かな食事を地面にぶちまけられたこともあった。故郷を守って戦った私に、市議会はなにもしてはくれなかった。……だがベアー・ピットのライターたちは違った。私を励まし、毛布を渡し、そして、グラフィティを教えてくれた……」

カウンターに置かれた花を見つめながら、アイオンは言う。

「ベアー・ピット浄化の話は、私も知っている。私には恩《アプリシエーション》がある。そしてその恩は返さなくてはならない。それだけのことだ」

低く、はっきりした声で、アイオンは言った。

それを聞いて、静かに話を聞いていたララは、ゆっくりと口を開く。

「あなたの経験してきたことのすべてが、わかるとは言わないわ。けれど、ベアー・ピットとそこに集まる人たちを守りたい、という気持ちは同じだと思う。一緒に、戦いましょう」

「悪いがララ、私はひとりでやる」

「アイオン、でも」

「勘違いしないでほしい。君の活動は否定しない。ただ、私はクルーに属するような人間じゃない。……そのほうがいいはずだ」

アイオンの声のトーンには、有無を言わせないものがあった。そんな空気を感じ取れないほど、ララも鈍感ではない。

「……そう。わかったわ。残念だけど、あなたがブリストルのために立ち上がってくれただけでも心強いものね」

「ありがとう。なに、目的地は同じだ。道はすぐに交わるだろう」

そんなふうに言葉を交わすアイオンとララの姿を見ながら、俺はアイオンに抱いていた印象を変えつつあった。

最初はずいぶん穏やかで知的な人だと思っていた。それは今も変わらない。しかし、その内には、屈強な肉体以上の強い意志、熱い魂が秘められていたのだ。

アイオンを見ていると、考えざるを得ない。

俺はここで、なにをしているのだろう。

探しているものは、まだ見つけられていない。

胸中を見透かすように、アイオンはそっと、言葉を投げてくる。

「ヨシ。人生は止めることのできないスプレーのようなものだ。我々に選べるのは、塗料が切れるまで腕をどう動かすか、ということだけだ」

答えられない俺に、問いは重ねられる。

「もう一度聞こう。君はなぜ生きる。なぜ今ここにいる。この瞬間も失われていくその命で、なにを書く」

「……うっせーよ」

しかしその言葉を投げ返したのは、ブーディシアだった。

「偉そうに説教してんじゃねーこの仏教かぶれが。上から目線で悟ったようなことばっか言いやがって。てめーはなにもわかっちゃいねー」

暗い声で、彼女は吐き捨てる。

「ちょっと、ブー、どうしたの？　アイオンは別にあなたじゃなくてヨシに……」

これまで黙っていたのに急に態度を変えたブーディシアに、ララは戸惑っている。

しかし構うことなく、堰《せき》を切ったように、彼女は続ける。

「だいたいお前は勝手なんだよ。一言くらい相談しろよ。あたしはお前の口車に乗せられてスプレーを持ったんだぞ。なのになんだよひとりでかっこつけやがって。なにが恩《アプリシエーション》だ、専売特許《パテント》みたいに言ってんじゃねー。あたしだって……あたしだってな……！」

彼女は左手で、パーカーの胸を摑《つか》む。力が込められたその手は震えている。

知らなかった。

ブーディシアは、アイオンにグラフィティを教わったのだ。

彼女が橋のグラフィティを見て、言葉少なになった理由も、ようやくわかる。きっと全体像を見た時点で、気づいていたのだろう。

自分の師が、これを書いたということに。

俺がブーディシアに声をかけようとした、そのときだった。

「失礼。エイボン・サマーセット警察だ」

低い声が、突然に割り込む。

「クリフトン吊り橋《サスペンション・ブリッジ》のグラフィティの件について話を伺いたい。署まで同行していただけますか」

前触れなく店の入り口に現れたのは、黒い服に身を包み、ドーム状の帽子を被《かぶ》って、口髭《くちひげ》を生やした警官だった。続いて黄色いベストの警官がふたり、後に続く。

俺はジョージの言葉を思い出す。

警察に先に押さえられたらまずいんだよ。もし監視カメラに写ってたら、時間の問題だ。

「もちろんだ。なんでも協力しよう。私に話すことがもしあれば、だがね」

アイオンは大げさに両手を上げて、カウンターから出てくる。あまりにもあっさりしたその態度に感じた違和感は、やがてひとつの可能性にまとまっていく。

そうだ。

元軍属のアイオンが、監視カメラの存在を考えないわけがない。

ララと協力しないのも不自然だ。

アイオンは、最初から、捕まるつもりだったのだ。

「アイオンさん、どうして！」

「単純だ。この街に、メッセージを伝えたかった。戦う勇気を与えたかった。……不可能に思えることでも、こうして成し遂げることができる、とね」

「そんな、それにしたって……」

「てーめーえーらぁぁぁぁ！」

叫び声が聞こえたときには、もう遅かった。発射された弾丸に追いつくことができないように、飛び出したブーディシアには手が届かない。撃ち出された彼女の体は、アイオンを連行しようとした黄色いベストの警官に勢いよくぶつかる。

「ぐあっ！　なんだこいつ！」

「アイオンは渡さねー！」

「ブーさん！」

「確かにムカつくチョコレート野郎だけどな……こいつはブリストルのために書いたんだぞ！てめーら警察の犬どもに連れてく資格なんかねー。ふんぞり返って弱いやつを痛めつけるだけの、お前らには！」

POLICE

「ブーディシア、やめるんだ。私ならいい」

「よかねーよ！　いいわけねーだろーが！　アイオン、お前は間違ってねー！　なのに……なのにこんなところで捕まるのかよ！」

ブーディシアの声は、ほとんど悲鳴だった。

「そこまでだ。それ以上妨害すれば、我々も実力行使をせざるを得ない」

さすがに訓練された警官だ、一般市民に邪魔されたからといってすぐに手を出すようなことはしない。だがこれで警告は行われた。次はない。やるとなったら、彼らはやる。

「頭空っぽの犬野郎はてめーの尻尾でも追いかけてりゃいーんだよ。そんで自分のクソでも食ってバカ面して寝てろ。お前らに、アイオンのやったことがわかってたまるか！」

明らかに、言いすぎだった。

緊張が走る。

俺は周りを見渡す。

アイオンは拘束されている。

ララもこの状況では動きようがない。

俺が。

俺がなんとかしないと。

考えろ。

この場をうまく収める方法を。

しかし、俺の思考は、現実に間に合わなかった。

警官が、ブーディシアを突き飛ばした。

彼女は後ろに倒れ、そのまま壁に背中をぶつける。

「ブーさん！」

「やったな、てめぇぇぇぇ！」

即座に壁を蹴って飛び出すブーディシアと、怒り狂う警官がぶつかる寸前。

「やめろ！」

アイオンが、動いた。

一瞬逆方向に力を入れてフェイントをかけると、自分についていた警官の腕を勢いよく振り切る。素早く踏み込んでブーディシアに向かう警官の後ろを取り、その腕を掴《つか》むと、背後にねじり上げた。

「ぐあっ」

「おい！」

口髭《くちひげ》の警官が慌てて指示を出すと、アイオンについていた警官は即座にホルスターから警棒を取り出し、後ろから殴りかかる。アイオンは押さえていた警官を床に叩《たた》きつけると、振り向いて警棒を持った手を両腕で受け止め、そのまま流れるような動きで警官をカウンターに投げる。立ち上がったさっきの警官が背後から迫るが、勢いよく左足を後ろに踏み込んだ次の瞬間には、アイオンの肘が警官の鳩尾《みぞおち》に刺さっていた。

「とっ、止まれ!」

倒れたふたりの警官に慌てて、口髭《くちひげ》の警官が催涙スプレーを取り出した、そのときだった
「巡査部長《サージェント》、待ってください!」

息を荒げて、髪を乱して、走ってそこに現れたのは。

「ジョージ君。なぜ君がここに」

「なぜ、ですって? 踏み込む前に連絡くださいって言ったじゃないですか!」

癖のある金髪をかき上げながら、ジョージは息も切れ切れにそう食ってかかる。そして辺りを見回すと、口髭《くちひげ》の警官に詰め寄った。

「どういう状況ですか、説明してください」

「これはだな。そこの彼が暴れ出したのでね、取り押さえようとしただけだ」

「抵抗したんですか?」

「そこの彼女がうちの警官を挑発し、その上殴りかかろうとしてきたところだ。共謀して逃走しようとしたのだよ」

再び殴りかかろうとするブーディシアの前に腕を出して、今度は止める。耳元に顔を近づけて、今は抑えるよう小声で言う。

ジョージはブーディシアの方をちらりと見るが、知り合いでもなんでもないかのようにして、巡査部長と呼ばれた口髭《くちひげ》の警官と会話を続けた。

「もし仮に、一般市民の挑発に乗って警官が先に手を出したとしたら、大問題ですよ。現場の責任者であるあなたの管理責任が問われます。この店はそこに防犯カメラがありますから、確認しようとすればできますが、僕もあなたもそんな手間はかけたくない。そうですね、巡査部長？」

「そ、そうだな……」

口髭《くちひげ》の男は、目に見えて狼狽《ろうばい》していた。やられた警官たちも、ゆっくりと立ち上がる。憎々しげな視線をアイオンとブーディシアに向けてはいるものの、もう事を構える気がないのは明らかだった。

「そもそもなぜ僕を飛ばして動いたんです」

「現場の判断が遅れれば警官を危険に晒《さら》す」

「だからそれを考慮して事前に話を通しているでしょう」

「しかし《バット》」

「しかし《ノー》じゃありません《バッッ》。市議会の反対派がピリピリしているのは知っていますが、グラフィティについては叔父から僕が一任されていますから。勝手に動いて後で困るのはあなたですよ」

「だが監視カメラ《CCTV》の映像は……」

「監視カメラを根拠にした事情聴取の必要性については否定しません。ただし、取り調べに不透明な部分があれば当然問題にしますが」

「うむ……」

「それじゃ行きましょう。君も、それでいいね？」

「ああ。問題ない」

アイオンはジョージに返事をすると、警官たちについていった。

呆然《ぼうぜん》とその様子を見届けると、ジョージはすっと俺の近くに来て、小さな声で囁《ささや》いた。

「大丈夫だったかい、ヨシくん」

「え？　はい、俺は、なんとも……」

「この件についてはそのうち話そう。とりあえず僕は行くね」

「はい」

「ブーは頼んだよ」

そう言ってジョージはウィンクすると、店からサッと姿を消した。

俺も、ララも、あっけに取られていた。ブーディシアさえもが、毒気を抜かれてその場に立ちすくんでいた。

「ブーさん、その……」

俺はブーディシアの背中に、声をかける。

返事はない。

「あの、ブーさん？」

俺が肩に手を置こうとすると。

「うっせー！」

その手を振り払って、ブーディシアは走って店から出ていってしまった。

俺はララの方を見る。彼女もあまりの出来事に心の整理がついていないようだったが、俺の目を見ると、黙って頷《うなず》いた。

俺はひとつ深呼吸をして気合を入れると、彼女を追いかけて、走り出した。


緯度の高いブリストルは、日が落ちるのが早い。時間はまだ夕方だったが、景色はすっかり夜だった。

彼女がどこにいるかは、もうわかっていた。

ブーディシアとは長い付き合いと言えるほどではないけれど、こんなときどうするかくらいは、自然と思い浮かぶ。そのイメージを追いかけて、俺は足を動かす。

「ブーさん」

ほどなく、頭の中の姿は、現実と重なる。

彼女はエイト・ビット・ワールドの前にいた。パーカーの前を開けてフードを被《かぶ》って、店のショーウィンドウにもたれて座り込んでいる。立てた片膝に腕を乗せて、もう片方の脚は乱暴に投げ出されていた。オレンジ色の街灯が、暗い街にその白い肌を浮かび上がらせる。

彼女は俺に気づくと、どろりとした目を一度だけ向けて、すぐに目線を落とす。

俺はその目を見て、半分は安堵《あんど》し、半分は緊張した。無事に見つけられてよかったが、こうして追いかけてきたからには、俺も腹を括《くく》らなければならない。

警官に喧嘩《けんか》を売るのは、理解できる。グラフィティのために自ら何重にも危険を犯し、この街にメッセージを送ろうとしたアイオンを侮辱されれば、怒るのも無理はない。

しかし、彼女のララとアイオンに対する態度は、明らかにおかしかった。

ずいぶん急いで来たから、心臓はまだ鳴っている。俺は3秒だけ目を閉じて呼吸を整えると、ブーディシアの隣に腰を下ろした。彼女はなにも言わなかった。近づくと、なんだか甘い匂いがした。

「……寒くないですか」

「別に」

俺はブーディシアがひとまず返事をしたことにホッとする。

彼女が膝の上でぶらぶらさせていた手を持ち上げて口元に運ぶと、青い光が左手の指の隙間から透ける。シュールッという小さな音がして、続けて白い煙が、夜の空気の中に、ふわりと立ちのぼった。

それは電子タバコだった。彼女に喫煙の習慣があったことに少しだけ驚く。

「タバコ、吸うんですね」

「ん、これニコチン入ってないやつ」

もう一度、口から煙を吐き出しながら、ブーディシアは気怠《けだる》げに言う。

「へえ、そんなのあるんですか」

俺はタバコを嗜《たしな》むわけではないが、電子タバコが電熱線で液体を蒸発させる仕組みになっていることはなんとなく知っていた。日本にはあまりない代物だが、イギリスではよく見かける。街中でLEDが光るサイバーパンクのような機器を吸引している人を見て、あれはいったいなんなのだろうと気になって調べたことがある。

彼女はチラリと一瞬だけこちらを見て、それから俯《うつむ》く。

「むせるから」

「むせる?」

「ニコチン入ってるやつはむせるから。まずいし」

俺はそれを聞いて、思わず笑ってしまう。実に彼女らしい。

「なんだよ、笑うなよ」

うっせー、といつものように怒鳴られることを期待していたが、彼女はあくまで静かだった。

「ん」

彼女は短く言葉にもならない声を出して、電子タバコの吸い口を俺に向ける。

「はい？」

「やってみ」

少し戸惑ったが、断る気もしなかった。俺が口をつけると、思ったよりあたたかい感触がした。そのまま息を吸い込むと、それに合わせてブーディシアがボタンを押し、青い光が輝く。

空気と一緒に、さっきまでの甘い香りが、体を満たす。香りは濃厚なのに、実際の味はない。不思議な感じだ。

口から息を吐いてみると、白い煙が目の前で立ち上った。

実際に吸ってみて、初めて気づく。この香りは。

「バニラ、ですか」

「あたり」

そのクールな声といつもの荒々しい態度に、バニラの甘い香りは全然合わないな、と思う。

いや、ひょっとしたら、それは逆なのかもしれない。本当は、見た目ほど、クールでも、荒々しくも、ないのかもしれない。

ブーディシアは、俺がさっき吸った電子タバコをそのままくわえて、細く煙を吐き出した。

俺はさっきまで彼女が吸っていたものに口をつけたことにそこで初めて気がついて、動揺した。悟られないように、慌てて話を振る。

「それにしても、驚きました。ジョージさんが来るなんて」

「あいつ、叔父貴が署の偉いさんなんだよ」

「ああ、なるほど」

ジョージと警官の会話を反芻《はんすう》して、俺は納得する。おそらくはそのコネクションを活用しながら、グラフィティ反対派を抑え込んでいるのだろう。実にジョージらしい方法だと思った。そう、彼もまた、グラフィティを守るために戦っているのだ。

俺たちは、ふたりとも黙り込む。

そしてしばらく続いた沈黙のあと、ボソリと呟《つぶや》いたのは、ブーディシアだった。

「……怒んねーの」

「え？」

「やりすぎだ、とかさ」

彼女は自分の吐き出した煙が溶けていくのを、ぼんやりと見つめていた。

「なんでそんなことしなくちゃいけないんですか」

俺は答える。

「ブーさんがいつなにをするかなんて、そんなの自由ですからね。それでなにが起きても、自業自得というものです」

「は。言うね」

ほんの少しだけブーディシアは笑って、煙が口からこぼれた。

「けど」

「けど?」

「……ブーさんがなにを感じているかは、知りたいとは思います」

ブーディシアは俺の方を見て、一瞬だけ驚いたような表情をしたが、やがて、ほんの少しだけ唇の端を上げる。そのまま電子タバコの小さな金属の吸口に唇を寄せて、返事の代わりに、薄く開いた口から煙を漏らす。

「……あの橋のグラフィティ、さ。正直、負けた、と思った。見た瞬間に、だ。あれはあたしには絶対できねー。あそこに登れないとか、そういう話じゃなくてさ。なんかもう、見てるものがぜんぜん違う。やっぱすげーよ、アイオンは」

青い光が彼女の手から漏れて、煙が吐き出される。俺は白い粒子が拡散していくのを眺めながら、その唇がもう一度動き出すのを、静かに待った。

「あいつがやったってことはすぐにわかった。でも、なんか、認めたくなくてさ。……違うな。アイオンに負けたことが嫌だったんじゃねー。自分で自分がムカつくから認めたくなかったのか。……つまんねーこと言ってないで、さっさとあいつのところに行ってれば、警察にも捕まらなかったのかな」

「そんなことありませんよ」

言っていることはわかる。けれど、アイオンは覚悟の上だった。いずれにしても警察が来るまで動こうとはしなかっただろう。最初から、間に合うも間に合わないもなかったのだ。

「結果論ですけど、アイオンさんと話ができたじゃないですか。最初の時点で行っても、シラを切られていたでしょう。ブーさんは正しかったと思いますよ」

「話、か。……あたしは、うまく話せなかったな」

大きく息を吸って、それから、吐く。白い煙が、夜に消えていく。

「グラフィティ書いてるときにさ、思いもかけないところにスプレーが飛ぶことがあるんだよ」

彼女はそう言うと、右手を浮かせて、空中でゆらゆらと揺らした。

「気持ちが入ってるときほど、勢いがついてそうなっちまう。失敗した、と思ったときにはもう遅い。一番大事なところで、思いどおりになんねーんだよな、グラフィティってのは」

自嘲するように、彼女は笑う。

「いや、あたしが下手なだけなのかな」

彼女が自分のことを、こんなふうに話すのは、初めてだという気がした。言い方は不器用でも、なんとなくわかる。彼女がしているのはグラフィティの話だけれど、本当に話したいのは、きっと、グラフィティの話ではないのだ。

俺は一流のグラフィティ・ライターでもなければ、人生を悟った哲学者でもない。彼女のことだって、昔から知っているわけじゃない。外からこの街に来た、滞在者にすぎない。気の利いたことは言えない。

けれど、せめて。

「ブーさん」

「ん？」

「勝負《バトル》しましょう」

「お前書けねーだろ」

「いえ、グラフィティではなくて、ゲームで」

てっきり、なに言ってんだガキかよ、と言われるかと思ったのだが。

「ああ、いいぜ」

返ってきた返事は意外にあっさりした肯定だった。

「ただやっても面白くありません。勝ったほうが負けたほうの言うことをひとつ聞くことにしましょう」

「面白れーじゃん」

ブーディシアはニヤリと笑う。

「絶対だかんな」

「ええ。約束です」

「よし。言ったな」

俺たちは鍵を開けて、店に入る。

エイト・ビット・ワールドには古いテレビとレトロなゲーム機が置いてあって、お客さんが自由に遊べるようになっている。最新のゲームを試しにプレイ、というような商業的な感じでないところに、店長の趣味が出ている。俺たちが多少遊んでも、怒られはしないだろう。むしろ喜びそうな気さえする。

「ほらよ、クリスプ。食えよ」

俺がソフトを選んでいると、ブーディシアがどこからともなく袋を持ってきてバサリとテーブルに投げる。スナック菓子だろうか。

「なんですって？」

「ん？　クリスプ」

耳慣れない単語を聞き返したのだが、耳慣れない単語がそのまま返ってきてしまった。俺は自分で確認した方が早いと思い、パッケージに目をやる。

「ああ、ポテトチップスですか」

「へえ、日本じゃそう言うの？　アメリカ式だな」

ブーディシアはさっそく袋を開けて食べはじめる。

「あたしウォーカーズ派。やっぱイギリス産じゃねーとな」

ひいきのメーカーの話をするブーディシアの口元から聞こえてくるその音は確かにパリパリ《クリスプ》としていて、俺はなるほどな、と感心した。

「あ、あたし、これがいい」

ゲームを選ぶ俺の横から彼女が指さしたのは、小さなカートに乗って道を走るレースゲームだった。

「いいですよ」

俺はカセットを差し込むと、コントローラを握って電源を入れる。聞き慣れたサウンドを背景に表示されるタイトルロゴを見て、なんとも懐かしい気持ちになった。

最初にレーサーを選ぶところで、俺は緑の恐竜のキャラクターを選択する。一方、ブーディシアは迷わず、甲羅にトゲ、頭に角をはやした亀の悪役キャラクターを選んだ。

「こいつが一番強い」

「やったことあるんですね」

スムーズな操作とキャラクター選びを見るに、どうやら経験者らしい。

「ああ。基本興味ねーけど、これだけな」

やっぱりゲームには興味なかったのか。しかしこのソフトだけプレイしたことがあるとは、どういうことなのだろう。

「ブーさん、前々から疑問だったんですが……ゲームに興味がないなら、どうしてこの店で働いているんです？」

「ん、かっけぇじゃん、ゲーム」

予想外の返事に、俺は少し戸惑う。ゲームがかっこいい？

「どのあたりが、ですか」

「なんだよそれ、意味わかんねー」

ブーディシアは笑う。

「日本のゲームはクールだろ。グラフィティとかでも、昔のゲームのキャラとかよく書くし」

「それは知りませんでした」

正直、意外な繋《つな》がりだった。遠い国の文化に憧れる気持ちは、洋の東西を問わないということなのだろうか。

「あとは……ラデシュに世話になったから」

「店長ですか？」

「うん。昔ライターだったんだよ、あいつ」

「ええっ」

あまりの意外さに、驚いてしまう。とてもそんなアウトローな活動をしていたようには思えない雰囲気だが。

「でも、書いてたのはけっこう前だって。疲れてやめたって言ってた」

疲れた。

俺はラデシュの下がった眉を思い浮かべる。

監視カメラや人目を盗んで、壁に書く。縄張りもある。勝ち負けもある。ときには暴動と結びつきさえする。グラフィティは確かに、大変なアートだ。

人のよさそうなラデシュがそんなことに疲れてしまうのも、なんだか納得いく気がした。

「アイオンとも知り合いでさ。最初はそれでこの店に来たんだ。そんで……なんていうか、落ち込んでるときに、このゲームやれって言われてさ。しばらく通ってたんだよ。で、人手が足りねーっていうから働いてやってんの」

実にブーディシアらしい上から目線の言い方に、思わず笑ってしまいそうになる。実際にはラデシュが彼女を見かねて仕事を用意してくれたのだろう。こうは言っているが、口ぶりからラデシュに対して相応のリスペクトを持っていることも、よく伝わってきた。

「ま、そんなのはいいからさ。早くやろうぜ！」

そんな話をしている間に、ブーディシアがコースを選び終わっている。

カメラがカートの後ろについて、レースがはじまる。

そして。

「うわぁー！　なんだよ！　速すぎんだろお前！」

初戦を終えてコントローラを投げ捨てて叫ぶブーディシアの反応に満足して、俺はクリスプをパリ、とかじる。

小さいころから、ゲームが好きだった。

ゲームはわかりやすい。ゴールがどこにあって、なにをすればいいのか。いつもはっきりと示してくれる。最初は新しいものをプレイしていたが、そのうち飽きたらなくなってレトロゲームに手を広げた。このあたりの名作と言われるものは、ひと通りやり込んでいる。

「好きなんですよ、ゲーム」

「好きとかいうレベルかよ！」

「ゲームのやりすぎで、眼鏡になったようなものですから。ブーさんもなかなかやり込んでいるとお見受けしますが、アクセルワークが荒すぎますね。そこはタイミングを見極めてスムーズに曲がらないと、加速が遅い代わりに最高速が高いそのキャラクターの特性を活《い》かせませんよ」

「くそ、てめーぜってー抜かす。あたしが勝つまで帰さねーからな」

「望むところです」

俺たちは別のコースを走ることにした。ああ、こんなところもあったな、と思い出しながら、俺はアウト・イン・アウトのライン取りで攻めていく。久々のゲームだったが、没頭するのは心地よいものだ。

このゲームは地面にあるシンボルの上を通過すると、アイテムが手に入る。もっとも強い星《スター》のアイテムを獲得した瞬間、ブーディシアのキャラクターにそれを奪われてしまった。

「あっ、やられた」

「油断してんのがわりーんだよ」

彼女は不敵な笑みを浮かべながら即座に俺から奪った星《スター》を使い、NPCのレーサーを蹴散らしながら加速する。ブーディシアが使ったアイテムを奪うためのアイテムはオバケの姿をしているのだが、なんとなく、最近どこかでその姿を見た気がする。少し考えて、俺は思い当たる。

「ブーさんのサイン」

「ん？」

「このオバケに似てません？」

「ああ、あれはここから取ったの」

なるほど。グラフィティではゲームのキャラクターを書くこともあると、さっき言っていた。ブーディシア自身が、そのもっともわかりやすい例というわけだ。

「他のやつのアイテム取れるんだぜ。強くね？」

「こだわりますね強さに」

彼女らしい理由だった。ブーディシアはいつもブレない。それを俺は、うらやましく思う。

「負けるのがヤなんだよ。名前も一緒だしさ。BOOって」

「日本だと違う名前なんですよ。ああ、いつぞやのイギリス首相と同じです」

「なにそれ。変《ウィアード》なの」

ブーディシアが声を上げて笑うと、俺たちはしばしゲームに没頭した。

そのうち、ぼそりとブーディシアが言う。

「ていうか、お前がゲームとか好きなの、ちょっと意外。真面目《シリアス》なのかと思ってたけど」

真面目、か。確かにそうかもしれない。

「ゲームは目的がはっきりしていますから。むしろ真面目に取り組めます」

そう。簡単だ。それがゲームなら。

「ふーん。そんなもんかね」

そう言うブーディシアの顔は、なんだか楽しそうだ。珍しい表情なので俺は少し見惚《みほ》れてしまう。そしてそのまま、目の前《まえ》に現れた溶岩にダイブした。

「あっ」

「へっ、ざまあ」

緑の恐竜が釣《つ》り竿《ざお》で救出されている間に、トゲつきの亀が華麗に抜き去っていく。

そうでなくちゃ。

俺はアクセルをふかしてマシンを浮かせ、煙を上げながらドリフトでコーナーに切り込む。

自分なりに全力を尽くしたが、結局挽回《ばんかい》はならなかった。

「くっ……」

「よーし勝った！　ははっ、溶岩に落ちるなんて初歩的なミスしやがって」

「次は負けませんからね」

「ふん、次もあたしの得意なやつだからな。絶対勝つ」

レースは順番にさまざまなコースを巡っていくツアー形式で進んでいく。全5コースのうち最初の2コースは俺が勝っていたが、ブーディシアが勘を取り戻したのと、俺がミスをしたこともあって、第3、第4コースでは先にゴールされてしまった。

俺たちはふたりとも、クリスプを食べることもしばらく忘れていた。

やがてレーサーたちがスタートラインに並び、第5コースのシグナルが鳴って、俺とブーディシアは一気にアクセルを踏み込む。

障害物とヘアピンカーブの複合を体に叩《たた》き込《こ》まれた感覚でクリアしていく。チラリと一瞬だけ隣のブーディシアを見ると、鋭い目つきの彼女の瞳に、ディスプレイの光がキラキラと反射していた。

不思議なものだな、と、俺は妙な感慨を覚える。

日本とイギリス。東京とブリストル。遠く離れた土地に生まれ、ぜんぜん違う街の景色の中で育ってきた。そんな俺たちが、こうして同じゲームをプレイしている。

ほとんど似たところのない俺たち。

いや。

実は、そうでもないのかもしれない。

「……俺、実は日本でバンドをやっていて」

「は？」

視界の隅でブーディシアがこちらを見る。が、すぐに画面に目線を戻した。

「あたし初めて聞くんだけどそれ」

「初めて言いましたから。ちなみにロックバンドで、俺はギターと作曲担当です」

「早く言えよ！　ていうか、似合わねー！　お前がギター？　変人《ビザー》の間違いじゃねーの」

笑いながら彼女は言う。自分でもアーティストというタイプじゃない、とは思っているのだが、ブーディシアに言われると、なぜか少し、胸が痛んだ。

「……今はちょっと、休んでいるんです。ギターは一応、持ってきてはいるんですが」

ブーディシアは答えなかった。

勘の鋭い人だから、俺の微妙な心持ちを察してしまったのだと思う。

画面の中で、トゲが生えた亀は順調にコースを進み、緑の恐竜はその後を追っていた。

「でも、そこそこ売れてて、大手のレコード会社と契約する寸前でした」

「はあ？」

もう一度ブーディシアの声が響く。カートがわずかにコースアウトする。このキャラクターは、いったんスピードが落ちると再加速までに時間がかかる。俺はその隙を狙って、緑の恐竜を滑り込ませる。

「あっ、くそっ」

ブーディシアが態勢を立て直したときには、俺の順位の表示は、2から1になっていた。

「すげーじゃん。なんで言わなかったんだよそんなこと」

「なんていうか……そうですね。契約直前で、ボーカルと喧嘩《けんか》したんです。変わったやつで……ブーさんにちょっと似てますよ」

「は？　なんだよそれ。絶対似てねーし」

会ったこともないのに、ブーディシアはそう言い切る。

「そいつに言われたんです。俺には、魂がない……って」

そのことを思い出すと、息が、苦しくなる。

「……そいつは天才なんです。でも、俺はそうじゃない。自分でわかりますから。練習して、勉強して、そいつに合わせた曲を書いて。だから、魂とか言われても、どうしたらいいのか、わからなくて」

俺は咳《せ》き込《こ》む。手元が狂い、カートのラインがブレて、慌てて軌道を修正する。

「それ以来、音楽のことを考えると、うまく、息が、できなくなるんです。楽器にも、触れていなくて……」

俺は目の前のレースに集中する。カーブ。ドリフト。ステアリングを戻す。ストレート。障害物を避ける。アイテムを拾う。すぐに使ってダッシュする。カーブに入る。ギリギリまで待ってからドリフト。ステアリングを戻す……。

大きく息を吸う。

そして吐く。

何度か繰り返して、ようやく俺は落ち着きを取り戻す。

思い出すだけで、このありさまだ。

情けない。

実に情けない。

俺には結局、自分に向き合う勇気もないのだ。

「それで、逃げ出してきたんです。日本から。いや、バンドから……かな」

一応は、海外で勉強したい、という名目で。ブリストル大学に合格したのはたまたまだった。もちろん、それなりの苦労はしたけれど、もともと英語の曲もたくさん聞いていたし、これまでやってきたギターの練習や作曲に比べたら、勉強のほうがずっと簡単だった。なにしろ、答えがはっきりしている。

今度は、ブーディシアはなにも言わなかった。

トゲの生えた亀は、緑の恐竜のすぐ後ろに、ぴったりとついている。

あいつに、ずっと憧れてきた。

ただそこにいるだけで人を惹《ひ》きつける、どうしたって人の心を揺さぶってしまう、あいつに。

言われなくたって、本当は自分で気づいていた。

俺には、なにかが、足りていない。

けど。

足りていないことがわかっても、なにが足りていないのかがわからなければ、なんの意味もない。

結局、逃げ出してブリストルに来たところで、俺はどこにも行けていないのだ。

「そんなとき、出会ったんです。ブーさん。あなたに」

最初は謎めいた彼女が気になった。そしてグラフィティを知った。

それがなにかはわからないけれど、俺が知りたいことの答えが、そこにある気がした。

鳴り響くサウンドは、レースが最終ラップに差し掛かったことを示していた。コントローラのボタンを押すカチカチという音が、暗い店内に、静かに響く。

「ヨシ、お前さ」

「はい」

「音楽、好きなの？」

難しい質問だったけれど、俺は正直に答える。

「実は、あんまり」

楽しいわけでもない。むしろ苦しいことばかりだ。なぜそんなことを続けているのか、自分にもよくわからなかった。

君はなにを書く。

思い返すアイオンの言葉が、突きつけられたナイフのように、痛い。

「……そっか」

俺の言葉に、一言だけ、ブーディシアは曖昧な返事をした。

レースは最後のカーブに差し掛かっていた。ここまで来れば、もう決まったようなものだ。

俺は頭の中で最適なラインをコースの上に描《えが》き、それを正確にカートでなぞっていく。

あのとき。

ふいに、彼女があんなことを言い出さなかったら、俺はきっと、勝っていただろう。

「お前、ちょっと似てるな」

「はい？」

「あたしに」

俺は完全に、ドリフトのタイミングを逃していた。

緑の恐竜を乗せたカートの軌跡が、大きく広がってコースアウトする。

慌ててハンドルを切って、マシンを横に滑らせる。

しかし、もう遅い。

砂煙が視界を舞う。

そして。

トゲの生えた亀の甲羅が、華麗に目の前を通り過ぎていった。

それがスローモーションみたいに見えたのは、果たして、レースに夢中になっていたからだろうか。

「勝ったー！　ははっ、勝った勝ったー！」

ブーディシアは、子供のように、本当に無邪気に喜んでいる。

「どうだヨシ、悔しいだろ」

袋を傾けて、ザラザラと残った細かいクリスプを口の中に入れながら、彼女は挑発的にそう言う。しかしその顔は、負けて悔しいという以外の感情を、俺の中に呼び起こす。

彼女は袋を丸めてゴミ箱に捨てると、なにも言わず俯《うつむ》いた。

そして、ゆっくり、言葉を紡ぐ。

「……あたし、さ。グラフィティ、好きじゃないんだよね」

俺は黙って、彼女の言葉を待った。

「勝ちたいからやってるだけで、別に楽しくもなんともねー。書く。勝つ。上書《オーバーライト》きされる。負ける。また書く。今度は勝つ。その繰り返し」

その声がかすかに震えているように聞こえたのは、きっと気のせいではないと思う。

「そんなことやってるうちに……まあいろいろあってさ。もうしばらく書いてねーんだ。だから、さ。お前と一緒だよ」

俺はなにかを言おうとした。けれどできなかった。ただ、聞いていた。

その言葉の重みに、なにかを付け加えることなんて、できない気がしたから。

いや、それよりも。

ブーディシアは、ただ聞いてくれた。

俺も、今はそうしたかった。

俺たちは手早くゲームを片付けて、店の外に出た。戸締まりをしながら、秋の冷たい空気に、少しだけ首をすくめる。

「さてヨシ。お前なんでも言うこと聞いてくれるんだったよな!」

ブーディシアの声の響きが打って変わって明るいものになって、意地悪でいたずらっぽい顔が、こちらを覗《のぞ》き込《こ》んでくる。

「はい……約束は守ります……」

いったいどんな理不尽な要求が飛んでくるのか、恐ろしい。勝つことを前提にしていたので、心の準備ができていなかった。自分の傲慢さを反省する。

「うーん、でも、別にヨシにやってほしいこともねーんだよな」

「店の掃除とか」

「元からお前がやってんじゃん」

「まあ、そうですね」

それはそれでどうなのかとは思わなくもない。

「そういや、お前が勝ったら、あたしになにやらせるつもりだったの？」

俺は答えることをためらう。

「……言っても、怒りませんか？」

「うわ、なに、ひょっとして、やらせたいことって、そういう……」

「なにを考えているのかわかりませんが違います！」

「じゃなんだよ。今なら怒らねーから言ってみ」

絶対食べないから檻《おり》の中に来い、とライオンに言われているような気分だった。普段ならそんなことしたくはないけれど、今、このライオンは、満腹で寝ている。それは本人の言うように、多分、今だけだ。

「わかりました」

「ん」

「……どうして書かなくなったのか、教えてほしかったんです」

ブーディシアは、その場で凍りつく。目線を落として泳がせた後、小さく息を吐いて、言った。

「わかった」

「え？」

「わかったよ。ヨシには言う」

思いがけない反応に、俺はむしろ戸惑ってしまう。

「ただし、今度あたしに勝ったら」

思わず笑ってしまった。落胆よりも、むしろ納得した。実にブーディシアらしい。

「わかりました。次の対戦はなににします？」

「なんでもいいから、さ。とにかく、また遊ぼうぜ」

次の瞬間、ドカッという衝撃が、右肩に走る。

「いてっ」

それがブーディシアのパンチだとわかるのに、数秒を要した。

「な、なんですかいきなり」

悲鳴に近い声で俺が言うころには、ブーディシアは背中を向けて歩き出していた。その顔はもう見えなかったけれど、左手を軽く上げて言った言葉は、いやにはっきりと、俺の耳に届いた。

「ありがと《チアーズ》」

俺は面食らった。

ありがと？

まったく、いつもは過剰な罵りをぶつけてくるのに、肝心なときに言葉が足りない。いったいなにがどう、ありがと、なのか。俺にははっきりとはわからなかった。

けれど、彼女の背中を見ながら、なんだか喉の奥が熱くなる。

多分、今はそれが答えということで、いいのだろう。

column 2
『オーバーライト――ブリストルのゴースト』ロケーションガイド

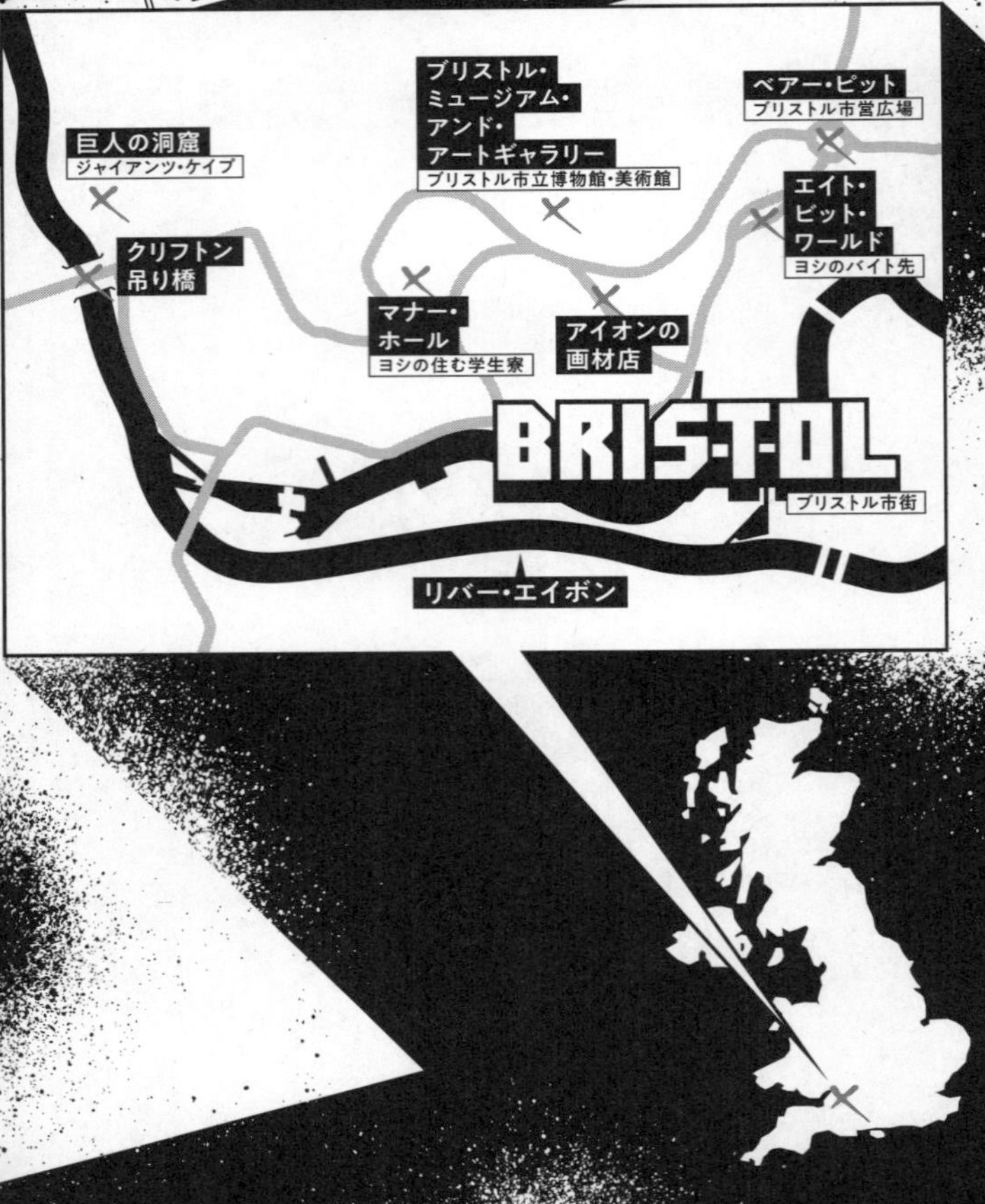

Chapter 4 "From the Stage"

「やあ、ヨシくん」

「あ、ジョージさん。ブーさんなら、今日は……」

数日後、ジョージが店を訪れたとき、俺はひとりで店番をしていた。

クリフトン吊り橋《サスペンション・ブリッジ》のグラフィティは、すぐに大々的に報道された。ブリストルを揺るがす大事件だ。メディアによって多少の温度差はあったものの、おおむね市議会への反逆、秩序への挑戦として、批判的に語られていた。

そしてニュースでグラフィティが器物損壊《ヴァンダリズム》として批判されればされるほど、街のグラフィティはむしろ増えていった。誰もがアイオンに続いて、グラフィティを書くことで、抗議しようとしていた。

今や街そのものの景色さえ、変わりつつある。

あれからブーディシアとは、話していなかった。たまたま店で顔を合わせるタイミングがなかっただけなのだが、なにを話せばいいかわからない、というのも、本当のところだった。

彼女のことを考えると、なぜだか胸が苦しくなる。その気持ちをどうしたらいいのか、俺にはよくわからなかった。

「いやね、今日は君に話があるんだ」

そんなふうにブーディシアのことばかり考えていたから、ジョージにそう言われたとき、俺は最初、なにかの勘違いなのではないかと思った。

「俺、ですか？」

「うん。実は、君に秘密を打ち明けたい」

いつものふざけた様子はなりを潜めていて、その眼差《まなざ》しはまっすぐ俺を射抜く。俺は時計を見て、そう多くないシフトの残り時間を確認すると、ジョージにそれを伝えた。

他に客もいなかったので、ジョージは店のテーブルに座って、しばらく本を読んでいた。時間になって俺がかんたんな引き継ぎを済ませコートを取ってくると、ジョージは微笑《ほほえ》んで、ドアを指差す。

「歩きながら話そうじゃないか」

どこに向かっているのかはわからなかったが、俺は素直にルパート・ストリートを南に歩いていくジョージに続いた。

「さて。どこから話したものかな。……本当の名前も知ることになってしまったけれど、やはりここはリスペクトを込めて、アイオン、と呼ぼう。まずは彼の話をしないとね」

「アイオンさん、どうなったんですか！」

「警察には拘留されているものの、ひとまず無事だ」

「よかった……」

俺は店のすぐ近くにある、見慣れた警察署の建物を思い浮かべる。あの中にアイオンがいると思うと、複雑な気持ちだ。

「しかし驚いたよ。君たち、監視カメラもないのによくあのグラフィティを書いたライターにたどり着いたね。君たちがいなかったらどうなっていたことか。あの場に居合わせたことは後で効いたよ。恩に着る。ありがとう」

本当に、なんとか力を合わせて、アイオンのところに辿《たど》りつけてよかったと思う。

しかし、気になるのは今後のことだ。

「あの、アイオンさん、これからどうなってしまうんですか？」

「いやね、あのグラフィティ、実はすぐに落ちるように、別のペイントでコーティングした上に書かれていたことがわかったんだ」

「ええっ」

俺は思わず声を上げてしまう。

「画材屋の店員だからね。そのあたりはお手のもの、だったみたいだ。彼はそんなこと、一言も言わなかったけど。わざわざ主塔を保護してからペイントするくらいだから、悪質でない、と判断された。罰金はいくらか払うことになるだろうけれど、起訴《プロセキユーシヨン》はされないだろう。客観的に言って、彼にブリストルの歴史的建造物を傷つける意図はなかったわけだからね。もちろんグラフィティはすぐ消されてしまうけれど、存分に報道されて、人々には伝わった。まったく、たいしたライターだよ」

「なら、ベアー・ピットも大丈夫ですね」

その言葉を出した瞬間に、ジョージの顔は曇った。俺は不穏な気配を察知する。

「いや、逆なんだ、ヨシくん。僕ができたのは、アイオンへの追及をかわすことだけだ」

「どういう意味ですか？」

「アイオンは最初から、グラフィティを残すつもりはなかった。メッセージを伝えることだけが目的だったんだ。そしてそれは、正しく伝わった。いつだってそうだ。素晴らしいアートは、正しくメッセージを伝える。……ベアー・ピットの反対運動は、いっそう盛り上がっている。君も気づいているだろう？　あちこちがグラフィティだらけだ」

ルパート・ストリートはやがてアンカー・ロードに繋《つな》がって、俺たちは市庁舎の近くを通り過ぎる。

不穏な気配はすぐに、はっきりした形を帯びてくる。

つまり、グラフィティ・ライターを勇気づけたいというアイオンの意図どおりにはなった。なったのだが……。

「市議会はグラフィティに対する警戒を強めて、ベアー・ピット浄化の方針を決めた」

「そんな！」

俺は叫んでいた。そんなことがあっていいのだろうか。もちろん、街にグラフィティが増え続けることが、一概にいいことだとは言えない。俺が見ても落書きめいていると思うものがたくさんあるのも事実だ。それでも、ララが、アイオンが、その情熱を傾けてきたさまを間近で見てきた俺には、消してしまえばいいとは、とても思えなかった。

「力不足で悔しいよ」

ジョージはそう言って、唇を噛《か》む。俺も同じ気持ちだった。

なにか俺にも、できることはないのだろうか。

「でももう、僕には手持ちのカードがない。ひとつを除いて、ね」

ブリストル大聖堂の前を通り、科学博物館のガラス張りの建物をすぎたところで、ジョージは不意に横に逸《そ》れた道に入っていく。

そこで俺は、強烈な既視感を覚えた。

この道は、どこかで見たことがある。

夢の中で、来たことがあるような。

いや、それとも。

しばらく進んでいくと、突き当たりは行き止まりになっており、大きなゴミ箱が幾つも置かれていた。

「君にこれを見せたかった」

ジョージはまるで美術館のガイド・ツアーで名画を紹介するような優雅な手付きで、レンガの壁を指した。

「これは……」

俺は言葉を失う。

それは、ライオンの絵だった。

赤茶けたレンガの壁には、幾つものグラフィティが書かれている。その中心に、ライオンが寝そべっていた。その口元に滴る真っ赤な血は、狩りの直後であることを物語っていた。一見するとスプレーで書いているとは思えないほど精密な毛並み。百獣の王。圧倒的な勝者の余裕。そんな雰囲気さえ感じさせる。おそらくそれなりの年月が経《た》っているのだろう、やや褪《あ》せた色が、かえって迫力を増していた。

しかし、その迫力以上に、俺を驚かせたのは。

俺はこのグラフィティを、一度、見ている。

そう、あの霧の日に。

「美しいだろう。誰も知らない。これは僕だけの場所なんだ。書いた本人も、もしかしたら忘れているかもね」

俺はライオンの横に書かれたマークを、見逃さなかった。

見覚えのあるかたち。丸いオバケ。そして、〈ＢＯＯ〉の文字。

「……ブーさんの作品、ですね」

「そう。彼女が書いたものの中で、ちゃんと残っているのはこれだけだ。傑作だよ。君も感じるだろう?」

「なんというか……殺意、みたいなものを感じます」

怖い、というのが、俺の感想だった。

ライオンは確かに寝そべっている。しかし血で汚れた口元を見れば、狩りの直後であることは明らかだ。敵を殺し、喰《く》らい、そして休んでいるその姿。周りすべてのグラフィティを統べるようにさえ見える。

きっと上書《オーバーライト》きしようとする者がいれば、このライオンは立ち上がり、もう一度狩りをするだろう。そんな風にさえ思わせる迫力が、この絵にはあった。

「殺意か! 君は実に見る目があるね。うん。そうかもしれない」

何度か頷《うなず》いた後で、ジョージはポケットに手を入れ、ライオンを見ながら呟《つぶや》く。

「ブーは勝つことにしか興味がない。それがよくわかるグラフィティだよね。今もそうなのかな。僕にはもう、わからないけどさ」

俺は周りを見渡し、ひとつの発見をする。

壁の反対側。建物の壁だと思っていたところに、狭い階段があった。

この場所は、実は行き止まりではなかったのだ。

だとすれば、あのときここにいたライターは突然消えたのではなく、俺にスプレーをぶつけた隙に、この階段を駆け上がったのだろう。

幻でも幽霊でもなく、生身の人間だったとしたら。

あれはやはり、ブーディシア、だったのだろうか？

もし仮に、そうだとして。

いったい、なにをしようとしていたのだろう。

このグラフィティは、それなりに古いもののように思える。これを書いていた、というわけではないだろう。

なら、上書《オーバーライト》きしようとしていたのだろうか。

自分の絵を、自分で。

「……秘密、というのは、このグラフィティのことですか？」

俺は我に返って、ジョージに質問する。

「これは、初めて人に言うんだけどね」

ジョージは静かに笑顔を作る。

そして。

「僕はね、ブーのことが好きなんだ」

さらり、と言ってのける。

俺は言葉を失った。

ジョージと、ブーディシア。

いや、考えてみれば、おかしなことはなにもない。

これだけブーディシアのことを気にかけている、数少ない彼女と親しい人物のひとり。むしろ納得がいく。そのはずだ。

けれどなぜだろう。

俺はうまくその言葉を、受け入れることができない。

「親が知り合いでね、小さな頃から妹みたいにかわいがってきた。昔からああなんだよ。素直じゃなくて、見るものすべてに嚙《か》みついて、でも本当は小心者でさ。まるで……」

「……野良猫みたい、ですか」

ジョージは少しだけ笑う。

「飼い猫にならないか、なんて、そんな野暮な聞き方はしなかったよ。でも、学生のときにフラれてね。ちゃんと花束も持っていったんだけどなあ」

学生のときに、花束。なんともジョージらしい。ブーディシアはきっと受け取らなかっただろう。光景が目に浮かぶようだった。

俺はジョージのことを、なんだか自分とは比べ物にならないくらい、頭がよくて、成熟していて、余裕のある人なのだと思っていた。もちろんそれは今も変わらない。けれど、レインコートのポケットに両手を突っ込んだジョージは、とても繊細な表情をしている。俺は初めて、ジョージも俺と同じ、ひとりの人間なのだな、と思った。

その姿を見ながら、ふと思う。

ジョージがブーディシアのことを好きだったとして。

ブーディシアは、どうだったのだろうか。

断ったのは、単に素直になれなかっただけではないのだろうか。

……いや、もしそうなら、ジョージにはきっとお見通しだろう。

それでもジョージは、花束を持っていくしかなかったのだ。

「まあ、僕の気持ちはいいんだ。昔のことさ。なにが言いたかったかっていうとね……ブーはこんなところでくすぶっていていい才能じゃない。彼女が復帰するのなら、僕はどんなことだってする」

灰色がかった目が細められる。俺は決意に満ちたその表情に、少し驚く。

「でも、僕がなにをやっても、彼女は意固地になるだけだからなあ」

そう言葉を続けたときには、ジョージの表情は、すっかり元の柔らかいものに戻っていた。

「だから、ね。やっぱり君が鍵を握っているんだと思うんだよ、ヨシくん。この事態を打開するため、僕に残されたカードは君だけだ」

「ブーさんではなくて、ですか？」

「今にわかるさ」

ジョージの微笑《ほほえ》みは謎めいている。俺にもなにか、果たすべき役割があるのだろうか。ジョージが語らないというのなら、それはきっと、今の俺が知らないほうがいいことなのだろう。

「……あの」

「なんだい？」

「ジョージさんは知っているんですよね。ブーさんがなぜ書かなくなったか」

「うーん、いい質問だね。そう、僕は理由を知っている。それに、君には知ってほしい、とも思う」

そこまで言って、ジョージはどこか寂しそうに笑った。

「けれどさすがにそれは、僕の口からは言えないな。僕に告白できるのは、僕の秘密だけだ」

道理だった。でも、聞いてよかったとも思った。

俺は覚悟を決める。

ライオンに、向き合わなくてはならない。

「さて、僕は戻らないと。……ヨシくん。頼んだよ」

すれ違いざまに、ジョージに叩《たた》かれた肩が、なんだか熱を帯びているような気がした。


それは、突然街を覆い尽くした。

海賊の帽子を被《かぶ》った熊が、スプレーを握っているグラフィティ。ジョージの教えで読めるようになった丸いバブル・レターで、こう書いていた。

レボリューション。

革命。

そのグラフィティは、街のあらゆる場所に現れた。しかし、壁に書かれているわけではない。それはグラフィティの写真を使ったポスターだった。ポスターには大きく一週間後の日付が入っていて、その下には、簡潔な説明が書かれている。

ライターよ、ベアー・ピットに集え。

そのポスターが、無数に、街のあらゆる場所に貼られている。おそらくは、相当な数が剝がされているだろう。しかしそれを遥《はる》かに上回る量があふれていた。街の色彩を変えてしまうくらいに。

俺はすぐにわかった。そのグラフィティを、誰が書いたのか。そしてこのポスターを、誰が貼らせたのか。衝撃的な光景だったものの、不思議と、ありえない、とは思わなかった。むしろ、来るべきものが来てしまった、と感じた。

心がざわつく。

ブリストルに、大きな嵐が、訪れようとしている。

俺はベアー・ピットに急いだ。きっとそこで、なにかが起きている、と思ったからだ。

階段を下ったところに現れた光景に、俺は驚く。

いつもは人のまばらなベアー・ピットに、人がひしめいている。

それぞれが思い思いの格好をしていたが、それでも雰囲気だけですぐにわかった。彼らはみんな、ライターだ。あるいは、このブリストルのアンダーグラウンド文化の住人だ。ポスターを見て、ベアー・ピットに駆けつけたのだろう。そう、俺と同じように。

俺が右往左往していると、広場を満たしていたガヤガヤとした話し声が、急に小さくなった。あたりを見回すと、広場のステージの上に、見慣れたベリル・グリーンの髪が揺れている。

ララだ。

「ブリストルのみんな。来てくれてありがとう。自己紹介は省くわね。みんな知っていると思うし、なにより私が誰かなんて、どうだっていい。今起きていることに比べたら」

彼女が手に握られたメガホンに向かって話すと、会場は水を打ったように静かになる。

「市議会は、ベアー・ピットの浄化を決定したわ」

どよめきが広がる。

ステージの上に立つ、その小柄な体軀《たいく》に、数百もの視線が集まる。

「なぜか《ホワイ》？　それは彼らが、侮っているからよ」

彼女の張り詰めた高い声が、拡声器で増幅されて、ベアー・ピットに満ちている。

俺も思わず、固唾《の》を呑む。

「彼らは私たちライターを、駆除すべき虫けらだと思ってる。グラフィティを、落とすべき汚れだと思ってる。あなたたちも、そう思うかしら？　グラフィティなんてないほうが、ブリストルはよい街になると思うかしら？」

問いかけに、人々は口々に答える。

ノー。ノーだ。

ララはその小さな体をいっぱいに使って、腕を広げ、拳を握った。

「ブリストルはひとりの英雄を生んだ。彼の名前はバンクシー。彼もまた、この街のためにグラフィティを書いたわ。今や市議会は、彼のグラフィティを美術館に飾ってる。それは皮肉《アイロニック》だけど……彼がブリストルのグラフィティをアートに高めたことは真実でしょう。だから私たちは、ここまでやってこられた。バンクシーが手渡したものを、私たちは、ここで手放すわけにはいかないわ」

訴える彼女の声は、確信に満ちた、力強い響きを宿している。

「みんな、クリフトン吊り橋《サスペンション・ブリッジ》のグラフィティは見たわね。誰かは言えないけれど、私はあれを書いたライターに会った。彼は言ったわ。不可能に思えることでも成し遂げられる……そのことを伝えたかったって。だったら、やることはひとつしかない。そう、戦うのよ。グラフィティで！」

彼女の声が、ベアー・ピットを満たし、そして観客の叫び声となって跳ね返る。まるで木霊《エコー》だ。響きは反射し、高まっていく。

「一週間後。私たちはグラフィティを書く。クルーも派閥も関係ないわ。みんなでひとつの作品を書く。どこに？　決まってる。ベアー・ピットよ！　この空間そのものを、ひとつの作品にするの。私たちライターは、グラフィティは、そしてベアー・ピットは、守るべき文化だと、市議会にわからせてやりましょう！」

頭の上で揺れる彼女の青緑色の髪が、炎のように見えた。

温度が、熱が、観客に、移っていく。

「これは革命《レボリューション》よ。一週間後、この街は変わる。市議会の連中は知ることになるわ。この街の文化を作ってきたのは、私たち。そう、私たちこそが、ブリストル《ウィー・アー・ブリストル》だって！」

ララが突き上げた拳は、喚声を巻き起こす。

ウィー・アー・ブリストル。

叫び声はどこまでも大きくなる。

彼女はメガホンを横に控えていたペニーに渡し、ステージを降りた。それを見て、俺は人ごみをかき分け、ステージ脇に急ぐ。

ララは案の定、人に囲まれていたが、俺を見つけると片手を上げて失礼《エクスキューズ・ミー》と話を切り上げた。

「ヨシ！　あなたも来てたのね。聞いてくれた？　私の演説《スピーチ》」

「ええ、もちろん」

ララの頬は赤く、息も心なしか荒い。あれだけの熱量をステージにぶつけることが、どれくらい消耗することなのか、俺にはわかる。

「すげーだろ、ウチのキャプテン！」

「本物のカリスマっす！」

脇に控えたジェイエフとペニーの言葉に、俺は同意した。これがララの才能なのだ。

彼女にはある気がする。

そう、魂、というやつが。

「ヨシ。私、あなたに話したいことがあるの。一緒に来てくれる？」

「俺に、ですか？」

「ええ。あなたじゃないとダメなの」

「いい、ですけど……」

「ジェイエフ、ペニー。あとはよろしく。ヨシ、来て！」

ララに急に手を摑《つか》まれてバランスを崩し、足をもつれされながらも彼女についていく。背中に刺さるジェイエフとペニーの視線が痛かったけれど、拒否しなかったのは、俺もララと同じ気持ちだったからだ。

そう。彼女には、聞きたいことがある。

俺たちはベアー・ピットを背に、アンカー・ロードを進む。大きなライム・キルン・ロードを横切ると、城塞の一部みたいな古い通路に出くわす。石積みの壁に挟まれたガス・ワークス・レーンをしばらく歩くと、急に視界が開ける。

エイボン川と、そこに作られた小さな港だ。

石で作られたその港には、個人用と思われる小さな船舶がたくさん浮かび、洒落《しゃれ》ているが気取らないレストランやカフェが並んでいる。

さっきまでの熱狂とは打って変わった、静かで、美しい光景だった。

「あの、ララさん」

ララは黙って、川沿いを歩いていく。青緑色の髪が揺れる後ろ姿に、俺は声をかける。

「なに？」

彼女が振り向くと、白い肌が、エイボン川の紺碧《こんぺき》の背景に輝く。

「話って、なんですか」

「そうね。連れ回してごめんなさい。ベアー・ピットのみんなには、聞かれたくなかったから」

はにかむララの姿に、俺は少しドキリとする。さっきまでの勇ましいリーダーは、もうそこにはいなかった。

「ねえ、ヨシ。頼みがあるの」

「……なんでしょう」

「今度のイベントは絶対に成功させないといけない。失敗は許されない。ブリストルの命運がかかってる。アイオンの件があったから、きっと報道もされるわ。ひょっとしたら歴史に残るかもしれない」

「それは……俺もわかります」

彼女の演説を聞いて、わからないわけがなかった。

この街は今、変わろうとしている。その瞬間に、俺は居合わせている。

「当日はベアー・ピット全体に、同時にグラフィティを書く。だからね、ヨシ。ステージの上、一番目立つ場所に、一番すごいグラフィティを書かないといけない。そうでしょう」

「ええ」

「私は、ブーに書いてほしい」

ララの視線はまっすぐに、俺の目を射抜く。

「……俺に、ブーさんを説得しろと、そういうことですね？」

川の上を渡ってきた風が、俺たちに吹きつけて、ララは寂しそうに笑う。

「私だって、ブーのことは好きだけど……多分、また喧嘩《けんか》になっちゃうと思うから」

俺はブーディシアとララのやり取りを思い出していた。ふたりは確かに、通じ合っている。

けれど、だからこそ、ブーディシアはララの言葉を聞けない。

ララは書いている。

ブーディシアは書いていない。

そのことは、多分、思っている以上に、重要なのだ。

なんとしてでも弱みを見せまいとする、あの野生動物にとっては。

「一応、話はしてみます」

とはいえ、ブーディシアが俺の話を素直に聞くとも思えない。

「でも……ララさんは書かないんですか？」

あのステージ上での様子を見れば、ララが書けばそれが一番盛り上がるのでは、というのが、素直な感想だった。

「そうね。ヨシの言うこと、もちろんわかるわ。でもね……幽霊《ゴースト》か海賊《キャプテン》か、なんて言われてたけど、私、ゴーストに勝ったと思ったこと、一度もないの。ただの一度もね」

ララのため息は、潮の匂いがする風に、流されていった。

俺は少なからず驚く。ララはブーディシアと競り合っているものとばかり思っていた。いや、張り合う気持ちがあるからこそ、だろうか。相手の力量が、どうしようもないほどに、見えてしまうのは。

「本当は、ブーの言ってたとおりなの。私は取り巻きに甘えてばかりの、裸の王様だわ。話をするのは、人よりちょっとだけ得意だと思う。けど、私のグラフィティじゃ、届かない。人の心の、本当に深いところには、ね」

さっきまで広場に熱狂の渦を広げていた彼女の体は、ゴテゴテとしたアクセサリーと、いかにも重そうなブーツに包まれている。けれどこうしてベアー・ピットを離れてみれば、彼女は頼りないほど細く、小さく見えた。

「私はひとりでは、なにもできない。だけどそれでも……いえ、むしろだからこそ、私には助けが必要なの。悔しいけど、ヨシ。これはきっと、あなたにしかできない」

「……自信はありません。期待しないでください」

「それでもいいわ。私が行って、また言い争いになっちゃうよりは」

「わかりました。聞いておきます」

寂しそうに笑うララを見て、俺は素直に、自分もなにかしたい、と思った。

ララに、というのもそうだけれど。

ブリストルという街に。

グラフィティという文化に。

俺はわずかでも、貢献してみたかった。

きっと、グラフィティを知る前だったら、どうだっていい、と思っていただろう。落書きがなくなるだけだ、と。いいことだとさえ思っていたかもしれない。

でも、今は違う。

俺にとっても、グラフィティは、意味のあるものだ。

そして、ブリストルのゴーストも。

「……ララさん。俺も、聞きたいことがあるんですけど」

「なに？」

川沿いの風は気持ちがいい。俺は居並ぶ小さなボートに目をやりながら尋ねる。

「ララさんは、なぜ、グラフイティを書くんですか？」

「あらまあ《オー・ディアー》」

ララはバックパックの紐《ひも》に手をひっかけながら、長い睫毛《まつげ》をしばたたかせた。

「てっきりボーイフレンドがいるか、聞いてくれると思ったけど」

悪戯《いたずら》っぽい微笑を浮かべながら、彼女は俺の顔を覗《のぞ》き込《こ》む。

「え、いや、そんな、え？」

「もう、なにその反応。失礼しちゃうわね」

ララはふざけてむくれた表情を作るが、すぐに目を落として、真剣な顔になる。

「……そうね。それは確かに、あなたにとっては聞く価値のあることかもね」

天気はよく、空は青かった。秋だけれど、日差しはあたたかい。穏やかな光の中を、ララは重そうなブーツを鳴らしながら、ふたたび歩いていく。

「私が書くのはね、この街が好きだからよ」

そう言って彼女が笑うと、鮮やかな緑色の髪が、風に揺れた。

「書いて、書かれて、また書いて。そうやってめまぐるしく移り変わっていくのがいいのよ。街が生きている、って感じがするから。私はこの街が好き。だから、この街に、生きていてほしい」

ララは階段を上ったところで足を止めて、一段高くなった場所から、船がたくさん並んだ川を見渡す。

「だからね、私、本当は、自分のグラフィティが上書き《オーバーライト》されてもいいの。あ、これ、クルーのみんなには内緒よ。キャプテンがそんなこと言っていたら、やる気なくなっちゃうもの」

彼女はそう言って愉快そうに笑うと、赤い小さな唇に人差し指を立てた。

「……ヨシ、黒髭《くろひげ》って、聞いたことある？」

「ええ、なんとなく」

一応はそう返事をしたものの、俺の頭に浮かんだのは、紫のバンダナをして樽《たる》におさまる眼帯をした海賊だった。剣で刺すと、危機一発で飛び出すおもちゃだ。

「黒髭《くろひげ》……エドワード・ティーチはね、ここブリストルの出身なのよ。世界一の海賊として大船団を作り上げた後に、海軍とぶつかってね。最期も、戦って死んだんですって」

白い小さなボートが、遠くで川を横切っていた。深呼吸をして再び歩きはじめるララの後について、俺も歩き出す。

「どんなに優れたグラフィティもいつかは消えるわ。私もいつかは書かなくなる。だから私は、私以外の誰かのために書きたい。私が書いて、それを見て誰かが書いてくれたら、きっと、この街のグラフィティはなくならないもの」

「だから船長《キャプテン》なんですね」

「ふふ、まあ、そんなところ。《女王熊の復讐《クイーン・ベアーズ・リヴェンジ》》っていうクルーの名前もね、黒髭《くろひげ》の乗っていた船から取ったの。私が死んでも、船は残る。私は、それでいいと思ってる」

グラフィティは個人作業だ。それなのに、どうしてクルーなんてものが必要なのか、不思議だった。

でも、ララの話を聞いて、少し納得がいった気がする。

そして、彼女のカリスマが、一体どこから来るのかも。

「……ゴーストに勝ったと思ったことない、って言ったでしょ。ゴーストのグラフィティは……なんていうか、命を賭けている。そうね、鋭い牙を持った獰猛《どうもう》な飢えた獣が、獲物を狩っているみたい。私は、負けてもいい、って、心の底では思ってる。あんな殺意は持てない。多分、生まれ変わっても」

俺はジョージが見せてくれた、ブーディシアのグラフィティを思い出していた。

獰猛《どうもう》な獣。殺意。

まさにララの言うとおりだった。

登り坂の先に向けて、ララは遠い目をする。

「だからね、あんなに鬼気迫るグラフィティを書いていたゴーストがなんで書かなくなっちゃったのか、ぜんぜんわからないのよね」

そう。

彼女はいったい、なぜ。

ブーディシアは、俺と彼女は似ている、と言った。

もし、そうだとしたら。

「それはさておき、ヨシ、私からもあなたに、はっきり言っておくことがあるわ」

坂を背にして、ララはまっすぐに俺を指差す。

「なんでしょう」

彼女は小走りに坂を上がると、振り向いて俺を見下ろす。

「ブーは、渡さないから！」

彼女が背にした坂の向こうに輝く太陽は、直視できないくらい眩《まぶ》しかった。

俺はマナー・ホールの部屋でベッドに横たわって、天井を見ていた。
考えるのは、ブーディシアのことだ。
ゲームをした後の、別れ際の彼女の笑顔を思い出す。
あのとき、ブーディシアは、辛《つら》そうにも、苦しそうにも、見えなかった。
少なくとも、うわべでは。
彼女は、書きたくないのだろうか。
書けなくても、平気なのだろうか。
グラフィティは好きじゃない。楽しくない。彼女はそう言っていた。
それも本心だと思う。
けれどこうも言っていた。彼女と俺は似ている、と。
確かにそうかもしれない。
俺だって、音楽は好きじゃない。別に楽しいわけでもない。
そもそも今はもう、ギターに触れることもできないありさまなのだけれど。
俺は体を起こして、ケースを開いてみる。

ハニーブロンドのテレキャスター。

その名のとおり、薄く広げたハチミツみたいな色をした、板切れのような形の、そっけないギターだ。

途中でやっぱり呼吸が苦しくなって、俺はケースのジッパーを引き上げる。

別に音楽なんて、やっていなくたって生きていける。きっとグラフィティだってそうだ。

俺はアイオンの言葉を思い出す。

人生は止まることのないスプレーのようなものだ。そのスプレーで、なにを書く？

俺には別に、奏でたい音楽なんてない。ボーカルのあいつとは違う。

そこまで考えて、ふと思い至る。

それでも俺は、このギターを、日本に置いてはこなかったのだ。

なぜだろう。

俺がもし、再びギターを持つことができるとしたら。

その理由は、なにになるのだろう？

俺はもう一度、ギターケースを開ける。

その透き通るような金色は、ブーディシアの髪を思い起こさせる。

彼女と俺が似ているというのなら、彼女だって、心の奥では、書きたいと願っているはずだ。

そう、俺と同じように。

その願いを、叶《かな》えたい。

どうしたら、ブーディシアの心を救うことができるのだろう。

俺の音楽には、魂がない。

それがどういう意味なのか、なにが足りないのか、本当はわかっていた。

ためらっていただけだ。目を逸《そ》らしていただけだ。

答えはいつも単純で、だからこそ難しい。

俺はギターに、ブーディシアに、そして自分自身に、もう一度、手を伸ばした。


「なんだよ、こんなところに呼び出して」

ブーディシアは、公園のベンチに座る俺を見つけて、いかにも面倒くさそうにそう言った。

ブランドン・ヒルは、ベアー・ピットのすぐ北にある、大きな公園だ。日本の感覚からすると、巨大といっていい。なにしろひとつの大きな丘そのものが、丸ごと公園になっているのだ。草の上でピクニックをしている人たちや、本を読んでいる人や、走り回って遊んでいる子供たちで賑《にぎ》わっている。賑《にぎ》わっているといっても、空間が膨大だから密度は低い。そしてそれが今日は、ちょうどよかった。

「ブーさん」

「なに」

「ちょっと、聞いてほしいんですが」

「くだらねーことだったら許さねーからな」

猫のようにあくびをしながら、ブーディシアは言う。

「くだらないかもしれません。というか、多分、くだらないです」

「なんだよそれ。意味わかんねー」

「でも聞いてください」

ブーディシアは怪訝《けげん》な顔をしている。俺はベンチの脇に置いていたケースを慎重に横に倒すと、しゃがんでジッパーを開く。

「……ヨシ、お前……」

彼女の顔色が変わる。

俺はギターを構える。

かつてないほど、ずっしりと重みを感じる。

弦を弾《はじ》く。音を合わせる。

その瞬間からもう、苦しさは忍び寄ってくる。

すでに手が震えている。息がしにくい。

しっかりしてくれ。

今だけでいいんだ。

「……レディオヘッドの、イディオテック、という曲です」

かろうじてそれだけ言うと、俺はストローみたいに細くなった喉から時間をかけて大きく息を吸い込み、そして、ギターを鳴らした。アンプもスピーカーもない生の音が、控えめに響く。

好きなバンドの、好きな曲だった。誰に聞かせるわけでもなく、勝手にアレンジして、ウォーミングアップ代わりに演奏してきた。

体に染み込むくらい、何度も弾《ひ》いてきた曲だ。

けれど、今や、その体が、思いどおりに動かない。

指に力が入らない。

弦がうまく押さえられない。

音がくぐもってうまく聞こえない。

ほとんどノイズのようだ。

自分がなにを演奏しているのかも曖昧になってくる。

もともと得意ではない歌は、もっとひどい。

声が出ない。口を開くたび、水が流れ込んでくるみたいに感じる。

頭の中で、あの言葉が鳴り響く。

魂がない。
お前には、魂がない。
思い出すたびに、吐きそうになる。泣きそうになる。息が止まりそうになる。
けれど、俺は止まらない。
転びながら、震えながら、それでも、最後まで行きたかった。
それができるなら、別に魂なんて、なくたっていい。
今、伝えなければならないことがあるから。
そのために、俺はギターを弾《ひ》いて、歌う。
そのためになら、俺は、ギターを弾《ひ》いて、歌える。
そして俺は、最後のフレーズを繰り返す。
ここでなら、いつだって、なにをやってもいいんだ《ヒアー・アイム・アラウド・エブリシング・オール・オブ・ザ・タイム》。
ここでなら、いつだって、なにをやってもいいんだ《ヒアー・アイム・アラウド・エブリシング・オール・オブ・ザ・タイム》。
何度も、何度も。
やがて、行き着くべき場所に、辿《たど》りつくまで。
何度も、何度も。
気がついたときには、曲は終わっていた。
最後のコードが、風の中に消えていく。

演奏を終えたとき、俺はびしょ濡《ぬ》れだった。滝のように汗が吹き出していた。

ブーディシアに話しかけようとして、咳《せ》き込《こ》む。

「……わかったよ。わかったから」

彼女は泣きそうな顔をして、左手で俺の腕に触れる。

俺は倒れ込むようにして座る。ギターはベンチに立て掛けた。なにも言えなかった。ブーディシアもなにも言わず、うなだれた俺の背中をさすった。

俺たちは、しばらくそうしていた。

「あのさ、ヨシ」

「……はい」

ようやくできるようになった息で、かろうじて返事をする。

「お前の勝ちだ」

いつもなら、冗談めかして笑うだろう。

でも、今、彼女は笑わなかった。

「負けたよ。あたし、実は……」

俺は片手で、彼女の言葉を制す。

「俺、ブーさんに、別のことをお願いしたいんです」

交わした約束は、彼女がグラフィティを書かない理由を教えてもらうこと、だった。

だけど、今はそれより大切なものが、あると思った。

彼女は……いや、俺たちは、前に進まなくてはならないのだから。

「グラフィティ、書いてください」

「ヨシ……」

「ララさんが教えてくれました。ゴーストに勝ったと思ったことは、一度もないって。だから革命の日にベアー・ピットの真ん中に書くのは、ブーさんじゃないとダメだって。自分のグラフィティには、人の心を動かす力がないって」

「そっか。ララが……」

ブーディシアは俯《うつむ》いて、しばらく、その両手を見つめていた。

「……俺にはそれが本当かどうかはわかりません。でも、俺も、ブーさんのグラフィティが、見たいです」

「……あたしもさ」

彼女は顔を上げる。その瞳は、いつも以上に、透き通っていた。

「できるかな。お前が弾いたみたいに。あたしも、書けるかな」

「書けますよ」

即答した。

「俺にできたんですから」

彼女は笑う。愉快そうに。安心したように。

「そっか。お前にできたんだもんな。あたしにもできるよな」

彼女はゆっくりと、手を握って、そして、開いた。

「お前があたしのために弾いてくれたんだったらさ。あたしも……」

ブーディシアは、そこで言葉を切った。けど、言わなくてもわかった。

俺たちはしばらく、なにも言わず、並んでそこに座っていた。

果てしないくらい広がる芝生が、風にそよいでいた。


「さーあ、みんなようこそ！　待ってたろ？　待ってたよな！　俺は待ってた。子供のころの誕生日と同じくらい、指折り数えてな。なんでかって？　今日はブリストルの歴史に残る日だからだ！　この場所を、グラフィティで埋め尽くそう。いや、ベアー・ピットそのものが、でっけぇひとつの傑作《マスターピース》になる。書くのは俺たちだ。この手で変えよう。この目で見届けよう。そう、今日は革命《レボリューション》の日だ。俺たちは今、このとき、伝説《レジェンド》になる。語り継がれる物語《テイル》になる。今日、この街は生まれ変わる。俺たちの街になる。お誕生日おめでとう《ハッピー・バースデー》！　そうだ。市議会の連中に教えてやろうじゃねぇか。俺たちがブリストル《ウィー・アー・ブリストル》だってことを！」

ステージの横に設定されたＤＪブースに立つジェイエフのアナウンスから、それは始まった。

重々しいブレイクビーツが、ベアー・ピットを揺らす。

この一週間、街はポスターで埋め尽くされた。市議会がベアー・ピットを浄化しようとしていることを、誰もが知っていた。そしてグラフィティ・ライターたちが、それに抗《あらが》おうとしていることも。ポスターだけじゃない。待ちきれないライターたちが、そこかしこにグラフィティを書いて、街全体が異様な雰囲気に包まれていた。

そして、今日。

その日を迎えたベアー・ピットは、ありえないほどの熱気に包まれている。

有名なミュージシャンのライブにも勝るとも劣らない。それも当然かもしれない。ここに集まっているのは、そのほとんどが、グラフィティ・ライターだ。ファンではなく、自らがアーティストなのだから。

このコミュニティについて、俺はまだ多くを知っているわけではない。しかしブリストルのライターが総動員《オール・スター》で事に当たろうとしているのは、十分に感じ取ることができた。

これなら本当に。

革命が起きるかもしれない。

ララがステージに上がる。

ジェイエフはララを見つめ、一度頷《うなず》くと、マイクを手渡した。

「もう、たくさんの言葉はいらないわ。必要なのは、これだけ」

彼女は逆の手に持ったベリル・グリーンのスプレーを宙に放り、受け止め、そして、掲げる。

「革命を始めましょう《レット・ザ・レボリユーション・ビギン》！」

歓声。

そして、ホワイトノイズのようなスプレーの音。

鼻を刺す溶剤の香り。

いたるところでライターたちが、グラフィティを書きはじめた。

市民も騒ぎを聞きつけて、ベアー・ピットを取り囲むように見守っている。その表情はそれぞれだが、意外にも恐れや怯《ひる》みといった感情はあまりなかった。どちらかというと、興味深そうに覗《のぞ》き込《こ》んでいる。子供を連れた親が、見てごらん、という感じで指差している姿さえある。

「ジェイエフだっけ？　あいつキリンのくせに、意外と喋《しゃべ》るのうめーのな」

ブーディシアはひょうきんな調子で、ステージから一旦降りたララに話しかける。

「ええ。ミュージシャンだもの」

当然といったふうにララが答えて、俺は面食らう。

「えっ、そうなんですか」

「ライターでもあるけどね。ＤＪ《ディージェイ》・ＪＦ《ジェイエフ》といえば、このあたりじゃそこそこ有名よ」

コーヒーにグラフィティにＤＪ。意外な多彩さに俺は驚く。

「さて、私も書かなくちゃ」

ララは目を閉じて、深く息を吸う。

「なんだよララ、初めてみてーな顔してんじゃねーか」

実に気楽そうにブーディシアは声をかける。

「うるさいわね！」

答えた声がかすかに震えていて、ララは本当に緊張しているようだった。

「キャプテンらしくしろよ。みっともねー」

「ふん。やっぱり私が主役になればよかったかしら？」

ふたりとも、言葉は尖《とが》っているが、声の響きはあたたかい。

「殺すつもりでやろうぜ」

「生きるつもりでやるわよ」

ブーディシアが握って突き出した左手に、ララは自分の拳を当てる。長年のライバルのフィスト・バンプは、喧騒《けんそう》の中でも、コツン、と確かな音を奏でた。

ララはまだ空いている壁に歩み寄り、ガチャガチャと音を立ててスプレーを振ると、壁に向かって形を書きはじめる。

そのストロークには、迷いがなかった。ひとつひとつ丁寧に、まるで完成形がもう見えているように、だんだんと色数を増やしていく。青緑と濃い鮮やかなピンクを使ったカラーリングが、実にララらしかった。

ベアー・ピット中で、誰もが壁に絵を書いていた。これまでのグラフィティは一気に上書き《オーバーライト》されていく。どれも見るからに気合が入ったものばかりだ。

今、この瞬間、大きな流れを覆そうと、革命を起こそうと、ひとつになっている。

互いに競い合ってきたアーティストたちが、ひとつの作品を作り上げようとしている。

いや、こう言ってもいいだろう。

彼らはこの場所で、自分たちの生き様そのものを、作品にしようとしている。

刺すような独特のスプレーの匂いさえも、なんだか今は心地よいくらいだった。

ステージの上の壁面は、ブーディシアのために残されている。

そこでグラフィティを書きはじめているはずの彼女は、スプレーのたくさん入ったバックパックを片手に下げて、まだステージの下で固まっていた。

「ブーさん」

俺は喧騒《けんそう》の中、顔を寄せて、そっと声をかける。

「ヨシ」

「大丈夫ですよ」

俺は彼女の背中に、そっと手を置く。

「……うん」

聞き取れないくらい小さな声で、彼女は応える。

意を決したように、スニーカーをステージに上がるアルミ製のステップにかけてから、ブーディシアは一度振り返った。

「いってらっしゃい《グッドラック》」

俺が言葉をかけても、彼女の緊張は緩まなかった。

振り向いた横顔は、苦しそうに歪《ゆが》んでいる。

俺はその表情を見て、不安を覚える。

書けるだろうか。

いや、できるはずだ。

俺が信じなくてどうする。

でも……。

「私にはあんなこと言っておいて、緊張してるのかしら」

気がつけば、隣には自分のグラフィティを書き終えたララが立っていた。腕組みをして、ブーディシアの姿を見つめている。

「どうでしょう」

ブーディシアは、バックパックをステージの床に落とすと、右手でスプレーを持つ。そして壁に向かって、その手を持ち上げる。

そして、彼女は、そこで止まった。

俺は自分の中の違和感が、大きくなっていくのを感じていた。

ブーディシアのことは、信じている。

信じているけれど、もっとそうではない、別の、なにかが……。

「ねえ、ヨシ。様子、おかしくない？」

ブーディシアは、スプレーを持ったまま、今にも書き出そう、という態勢で、しかし、固まっている。

ララの言うとおりだった。

なにかが変だ。

俺が違和感を見つめる前に。

思いもかけない声が、この場所を、切り裂いた。

「警察だ！」

ベアー・ピットの入り口に、蛍光イエローのベストを着た警官が立っている。大きな透明の丸い盾を片手に持ち、逆の手には警棒を持っている。

「ちょ、ちょっと待って！　市議会の職員を通じてイベントの許可は取ってるわ！　いったいなんの用？」

警官の前に、ララが立ちはだかる。ベアー・ピットが、戸惑いのどよめきに覆われていく。

「なんのことだ？　我々が集団での器物損壊《ヴァンダリズム》を許すと思うのか」

「そんな……待って、ちゃんと市議会に確認して頂戴！」

「言い訳なら、もっとマシなものを用意するんだな。市議会の要請で出動しているに決まっているだろう」

警官の後ろからは、同様の装備を携えた別の警官たちが、次々とベアー・ピットに入ってくる。15人、20人、いや、もっといるだろうか。警官隊は列になって盾を構えて、絶対に動かない壁のように立ちはだかる。

「……全員！　今すぐ破壊行為を中断、退去しろ！」

ぶら下げたメガホンを持ち上げ、最初の警官が叫ぶ。耳障りな歪《ゆが》んだ音響は、しかし、すぐにブーイングでかき消された。

誰ひとりとして、ベアー・ピットを後にしようとはしない。

ララも警官を前に、一歩も退かない。

がっちりと装備を着込んだ大柄な警官たちと比べると、その背中はなおさら小さく見えた。

周りを取り囲む市民は、不安げにその様子を見つめている。

「我々は命令を受けている。この広場を浄化しろ、とな」

「浄化……ですって……？」

震えるくらい拳を握って、ララは叫ぶ。

「ここはね、私たちが受け継ぎ、そして育ててきた庭《ガーデン》よ！　その価値のわからないあなたたちに、踏み荒らす権利はない！」

「ふん、虫けらだらけの汚い広場が、庭だと？」

「蝶《ちょう》も蜂もいなければ、花は広がらないわ！」

「思い上がるな。蛆虫《うじむし》が沸かないように、ゴミを掃除してやろうと言っているんだ」

「ゴミはあなたたちでしょう！　ブリストルをアートの街にしているのは、私たちアーティストよ。遠くからグラフィティを見に訪れる人だってたくさんいる。バンクシーのグラフィティを美術館に飾っただけじゃ、その価値がわかったことになんてならない。あなたたちはなにも考えていない！　なにも見ていない！　なにも感じていない！　ブリストルはあなたたちじゃない……私たちよ！」

今や、ララの背中は、これ以上ないくらい大きく見える。

それはまるで剣と盾を持った戦士に火を吐く、竜《ドラゴン》だった。

そう思ったのは、俺だけではないらしい。

ララの言葉に、ライターたちから大きな歓声が上がる。

周囲の市民も、拍手をしていた。

警官たちも、思わずたじろいでいる。

「さあ、ゴースト！　見せてあげて！　ブリストルで一番の……あなたのグラフィティを！」

ステージの上を、ララが指差す。

ライターの。

警察の。

市民の。

ベアー・ピットのすべての目線が、ブーディシアに集まる。

「ぐ……」

しかしブーディシアは、凍りついていた。

わずかな唸《うな》りを発しただけで、右手にスプレーを持ったまま、動かない。

彼女の額を汗が流れる。目が細められる。

誰もが彼女を見守っている。

待っている。

そのスプレーが、魔法を描《えが》くのを。

しかし俺は、その姿に、ある違和感を抱く。

イメージの中のブーディシアと、現実の彼女の姿が、どこか重ならない。

スプレーを持つブーディシアの手は、震えている。

止まりかける独楽《こま》のように、速度を落とした自転車のように、だんだんと震えは大きくなる。

やがてひとつのひらめきが、ブーディシアとの記憶を脳裏に呼び起こす。出会ったときのこと。掃除が苦手なこと。字が下手なこと。巨人の洞窟でのこと。ゲームのこと。

その光景が集まって、ひとつの仮説を、俺の中に作る。

ララが、ベアー・ピットが、いや、ブリストルが、ブーディシアに書くことを望んでいる。

彼女だって、書きたいと思っているはずだ。

今ここに書くグラフィティは、グラフィティそのものの勝利を担っている。

そして今書かないことは、敗北以外のなにものでもない。

ひょっとしたら、ブランクが長くて、自信がないのかもしれない。

けれど、彼女は勝つことを求めてきた。負けることを嫌ってきた。

それが自分の全てだ、というくらいに。

そんな彼女が、書かない、ということが、ありえるだろうか？

ひょっとしたら。

「……ダメだ」

俺は思わず声を上げてしまう。

「え？」

「ブーさんは、書けないんです！」

「どういうこと？　書きたくなかったんでしょ？」

「書きたくないんじゃない、書けないんだ！」

「ヨシ、落ち着いて！」

「……なにかと思ったが、くだらん」

ララが俺をなだめると同時に、ひととき場の空気に呑《の》まれていた警官も、我を取り戻す。

「解散しろ！　しなければ力尽くで排除する！」

「やめて！」

果敢にも、ララは気を吐く警官にしがみつく。しかし無慈悲に振り払われ、その小さな体は地面に叩《たた》きつけられる。

「つっ……このおっ！」

すぐに立ち上がって、ララはもう一度警官にしがみつこうとする。

警官は盾を構えつつ、警棒を振り上げ、そしてララに向けて振り下ろす。とっさに両腕で体を庇《かば》うララ。

しかし、勢いよく振り下ろされた警棒は、彼女の腕には当たらなかった。

「ぐぅっ……！」

「ジェイエフ！　あなた！」

とっさにララを庇《かば》ったのは、ジェイエフだった。その背中に警棒がめり込んでいる。苦しそうなうめき声を上げながら、その高い背が、ララに覆い被《かぶ》さるように、折れる。

「どうして！」

「へへ……そりゃそうでしょう……。キャプテンのその大事な腕が傷ついたりしたら……どうするんです……」

その光景を見て、ライターたちが、黙っているはずがなかった。

叫びが、満ちる。

それは、もはや、戦争だった。

ライターたちは戦おうとする。

警官が突入する。

拳が、怒号が、飛び交っている。

俺はなんだか、その光景を、現実のものでないかのように感じていた。

レイブに踏み込んだ警官たち。

バンクシーが見たのも、こんな光景だったのだろうか。

「ヨシ！　ブーを！」

ララの声が聞こえて、俺は我に返る。

ブーディシアは、今まさに、警官に拘束されようとしていた。腕を捕まれ、ステージから引きずり降ろされようとしている。

呼吸が荒い。ぐったりしている。

俺と、同じだ。弾《ひ》けなかったときの、俺と。

「ブーさん！」

「ヨシ！」

目が合う。その青い瞳が、揺らぐ。

「助けて」

それは、声になっていなかった。

けれど、俺には聞こえた。

警察が振り下ろした警棒が、頭上をかすめていった。

ライターが投げつけたスプレー缶を、屈《かが》んで避けた。

俺は身を低くして走る。

アルミの階段に足を叩《たた》きつけるようにして、ステージに駆け上がる。

ブーディシアは警官から逃れようと、懸命にもがいている。

ステージの上からベアー・ピットを見て、俺は、一瞬、立ち止まる。

いったい俺はどこにいるのだろう。

なにをしているのだろう。

ついこのあいだまで、日本にいて、大学に通いながら、バンドをやっていた。

それがなぜか、こんな戦場みたいな衝突の最中にいる。

自分で自分が信じられなかった。

そして今、俺は、警察を、市議会を、敵に回そうとしている。

けれど、迷いはなかった。

そう、あのとき俺はブーディシアに、負けたのだ。

俺はまだ、約束を果たしていない。

……助けて。

彼女の言うことなら、なんでも聞いてやる。

「うおおおっ！」

俺は警官のひとりに体当たりする。透明な樹脂製の盾は見た目以上に硬い。警官には傷ひとつついていない。

けれど、それでいい。

「うっ、うわあっ！」

ステージの端にいた警官は、バランスを崩してブーディシアから手を離し、背中から下に落ちる。

「ブーさん！」

ブーディシアも、落ちようとしている。

俺は手を伸ばす。

摑《つか》む。

衝撃。
「ぐっ!」
ステージの端に逆の手をついて、なんとか踏みとどまる。
下に落ちた警官は、そのまま起き上がれずにいる。
俺の手は、ブーディシアの左手を、摑《つか》んでいる。
彼女の顔が見える。
その頰には、涙が伝っていた。
口が悪くて怒りっぽい、面倒くさがりで意地っぱりの彼女。
でも本当は、ずっと心の底で、泣いていたのだろう。
俺は彼女のことが知りたい、と願った。
知ったつもりになっていた。
けれど、まだだ。
俺はまだ知らない。
ブリストルの幽霊《ゴースト》の、本当の姿を。
俺は手に力を込める。
そして全身を使って、彼女の体を、引っ張り上げた。
腕が痛い。肩が抜けそうだ。

けれど、ひとまず彼女は、無事だ。

ブーディシアは朦朧《もうろう》としている。呼吸はまだ苦しそうだが、さっきよりは少し落ち着いているように見える。

「ヨシ……あたし……」

俺は苦しそうになにかを言おうとする彼女を制する。

「ごめんなさい。ブーさん。俺、なにもわかっていませんでした。自分のことばかりで……ブーさんのこと、ちゃんと見ていませんでした」

ブーディシアが目を見開く。

「ブーさんを連れてきたのは俺です。だから俺が責任を持って、ここから連れ出します。いいですね」

彼女は頼りなげにこくりと頷《うなず》いて、それ以上、なにも言わなかった。

俺は彼女を背負って、ステージを降りる。警察は出口を封鎖しているはずだったのだろうが、混乱でそれどころではなくなっていた。

なんとかふたりで、ここを離れないと。

しかし、再び警官が、俺たちの前に、立ちはだかる。

さすがに、ブーディシアがこの状態では、どうにもできない。

ここまでか。

いや。

考えろ。

なにか……！

「おりゃあああああ！」

しかし俺の思考より早く、低い叫び声が割り込む。

小さな体が叩《たた》き込《こ》んだ重いブーツに弾《はじ》き飛《と》ばされ、警官は勢いよく倒れ込む。

「ララさん！」

華麗に着地した彼女は、いつものように腰に手を当てて、毅《き》然《ぜん》と言う。

「ふん、自分の船を荒らされて、黙っている船長がいるものですか。首を落とされたって、泳いで見せるわよ」

「ジェイエフさんは？」

「……わからない。多分、捕まったわ」

「そんな！」

「いいから、ヨシは早く行って！」

「でも……」

「いい？　ジェイエフは確かに、私を守ってくれた。けれどそれ以上に、グラフィティの未来を守りたかったはずだわ。そして今、その未来は、ブーにかかってる。もしもジェイエフのことを思ってくれるなら……今すぐここを離れなさい！」

「……わかりました」

納得がいくとか、いかないとか、そんなものをすべて置き去りにして、それでも俺は、なにかを決断しなくてはならない。

止まらないスプレーで、壁に絵を書き続けるように。

今、この瞬間に。

「ちょっと、離しなさいよ！」

俺は振り向く。ララが警官に拘束されている。

「ブー。ごめんなさい。ブリストルを……！」

彼女の叫びに背を向けて、俺たちは、ベアー・ピットから、逃げ出した。

94

Chapter 5
"By the Angel"

「ブーさん」

「……」

「大丈夫、ですか」

俺はあれからブーディシアを引きずって、大学寮のマナー・ホールに向かった。エイト・ビット・ワールドも考えたが、安全とは言いがたい。

大学寮なら部外者立入禁止だ。警察がいきなり踏み入ってくることはないだろう。ブーディシアも部外者ではあるが、今は非常時だ。そんなことを気にしている場合ではない。

石畳の長い坂道をブーディシアを背負いながらなんとか登りきって、ポケットからキーを出して自室に入る。ひとまずブーディシアをベッドに転がすように降ろすと、俺はひとりがけの小さなソファにどさりと体を預けた。

ブーディシアはベッドに横たわって、壁のほうに顔を向けたまま返事をしない。

俺は大きく息を吸って、吐く。

さっきまでの出来事が嘘《うそ》のように、寮内は静かだった。鳥の鳴く声がかすかに聞こえる。

しかし、まだ、なにも解決していない。

ブーディシアをひとまず匿《かくま》っただけだ。

それから？

「くそっ……」

最初は小さな声だった。しかしそれは、すぐに怒鳴り声へと変わっていく。

「くそっ！　くそっ！　くそっ！　くそっ！」

彼女は叫びながら、ベッドの上に体を起こし、周囲のものすべてに当たり散らしていく。

「なんで！　なんでなんだよ！」

「ブーさん！」

途中で飛んできた枕を俺が受け止めたところで、彼女はぴたりと、動きを止めた。

今まさに投げつけようとその左手に握られていたのは、スプレーだった。

94と書かれた、銀色の缶。

あの霧の日に投げつけられ、俺が拾ってきたものだ。

「これ……」

ブーディシアは腕を下ろして、そのスプレーを見つめる。

「なんで、お前が持ってんの？」

「やっぱり、ブーさんだったんですね」

「じゃ、あの日、あそこにいたのは……？」

「はい。俺でした」

「あたし、あのとき、人が来て、やべーと思って、それで……」

「お互い、顔を合わせてはいませんでしたから。俺もブーさんだとは知りませんでした」

ブーディシアは力が抜けたように、ぽすりと腰を下ろす。

目くらましから階段を使って姿を消すなんて忍者みたいだと思ったが、グラフィティ・ライターなら、その場を逃げ出すすべも心得ていなくてはならないのだろう。

不思議なのは、別のことだった。

「ブーさん。あのとき、なにをしようとしていたんです？」

「……上書き《オーバーライト》」

「ただの上書き《オーバーライト》じゃないでしょう」

今ならわかる。

スプレーは、94《モンタナ》の白。

そのときの彼女は、バックパックもなにも、持っていなかった。

〈上書き《オーバーライト》するときは、より手のかかった、あるいは優れた作品を書く〉。

そのルールに誰より忠実な彼女が、たったそれだけのスプレーで、自分の作品をよりよいものに更新しようとしていたはずがない。

「相変わらず細けーやつだな。ああ、そうだよ。消そうとしてたんだ。あのグラフィティを」

ブーディシアが左手で持ったスプレーを軽く振ると、ガチャガチャという音が部屋に響いた。

「……あたし、あの絵、気に入ってねーんだ。なのに、あれだけずっと残っててさ。ムカつくよな」

「どうして、気に入っていないんですか」

「自分でもよくわかんねー。そりゃ、書いたときはいいと思ってたけど。でも……今はなんか、違うと思う」

ブーディシアの言うことも、わかるような気がした。

勝つことだけを考えて書いたグラフィティ。

記憶の中のそのグラフィティは、確かに美しいけれど、殺伐としている。

「だから、さ。真っ白に綺麗《きれい》さっぱり塗り潰《つぶ》して、そんで、ブリストルから出ようと思ってた。グラフィティも、もう二度とやらねーって。どこに行こうとか、そういうのは考えてなかったけど……日本にでも行って、ゼンでもやりゃーよかったのかな」

最後のほうは冗談めかして笑っていたが、その声は、どうしようもなく、寂しそうだった。

「……お前があのとき、あたしに声かけてなかったら、さ。あたし今頃、ブリストルにいなかった」

彼女もまた、逃げ出そうとしていたのだ。

俺と同じように。

その偶然が、よいことなのかどうかはわからない。

けれど、それがなければ、俺はグラフィティに興味を持つことは、なかっただろう。

そして彼女のことを、こんなに知ることも、なかった。

「俺、だいたいわかってる、って言いましたよね」

ブーディシアは、左手に握ったスプレーに目を落としたまま、こちらを見ない。

俺は続ける。

「ブーさん。本当は、右利きなんですよね。そして……」

彼女はゆっくりと、顔を上げる。

「……右手、うまく動かないんじゃありませんか」

あの霧の日。彼女は左手にスプレーを持っていた。

グラフィティを消そうとしていたのは、それしかできないからだ。

右手が動かなかった。

そして、使い慣れていない左手では、ベタ塗りするのが精一杯だった。

そう、彼女は棚のフィギュアを落としたときも、巨人の洞窟《ジァイアンツ・ケイブ》で転びそうになったときも、右手を使っていた。掃除を嫌がったのも、うまくできないからだ。張り紙の字が汚かったのも、利き手じゃないほうでペンを持たざるを得なかったから。

俺は今まで、彼女は左利きで、単に不器用なんだと思っていた。けれどそれは違う。

彼女がベアー・ピットでグラフィティを書こうとしたとき、右手でスプレーを持っていた。

本当に左利きだったら、そんなことはしない。

つまり彼女は。

書きたくなかったんじゃない。

はじめから、書けなかったのだ。

ブーディシアは、なにも言わなかった。代わりにベッドに座ったまま、左手に持っていたスプレーを、右手に持ち替える。

白い指が缶を摑《つか》み、持ち上げる。

しかしその指は、すぐに小刻みに震えはじめる。やがてその震えは大きくなり、スプレーは音もなく柔らかいベッドの上に転がった。

やはり。

彼女の青い目が、俺を見ている。

「どうして、ですか」

俺は耐えられず、聞いてしまう。

「言ったろ。あたしに勝ったら答える」

「ブーさんが隠そうとしていた秘密を突き止めました。一勝です」

「なにそれ、ずるくね」

屁理屈《へりくつ》は承知だ。けれど、もうなんだってよかった。そんなことを気にする段階は、もう、とうに過ぎている。

「それとも、取っ組み合いでもしますか。今なら勝てますよ」

ブーディシアは、口の端を上げて、少しだけ笑った。

「それもいいかもな」

彼女は胸元に手をやってファスナーを下ろすと、パーカーをはだけさせた。

内側に着た服には袖がなく、白い肩が露《あら》わになる。

そのまま腰を少し反らせて、後ろに手を回すと、パーカーの袖から腕を抜いた。

「ちょ、ちょっと待ってください、そういう意味じゃ……」

その透き通った肌の眩《まぶ》しさに、俺は思わず顔を背ける。

「いいからこっち向け」

「いや、でも……」

「いいから」

俺は恐る恐る、顔を向けて、それから目を開ける。

そして、そこにある光景に、心臓を摑《つか》まれる。

俺はすぐに自らの行いを悔いた。

右腕の肘の横。そこに走っていたのは、稲妻のように見える、大きな傷だったからだ。

「ブーさん。俺……すみません」

彼女は俺の謝罪は意に介さず、深いため息をつくと、言いにくそうに、口を開いた。

「……まあ、さ。つまんねー話だよ。ダッセぇグラフィティがあった。あたしは上書《オーバーライト》きしてた。そのグラフィティを書いたライターがたまたま見てて、因縁をつけてきた。言い争いになった。そんで、刺された。それだけ」

まるでつまらない映画のあらすじを語るような調子で、彼女は言う。

「それだけ、って……」

「なんかどっかが切れちまったらしくて、もう元通りには動かねーってさ。練習すればなんとかなるかと思って、一時期はゲームとかやってたんだけど……やっぱ無理みたい」

空中で手を握って放す……多分そうなるはずの動作は、指が不規則に震えるだけに終わっていた。かろうじて物は持てるかもしれないが、力の必要な、あるいは精密な動作はできないだろう。よくよく考えれば、あのカート・レースのゲームで右手に割り当てられているのは親指のアクセルだけで、複雑な操作は左手に集中している。右手では小さなボタンを、押したり離したりする。それが限界だろう。アクセルワークの甘さも、それで説明がつく。

俺はスプレーを持ったことはないけれど、ギターを弾くからわかる。

これは、無理だ。

とても絵なんて書ける状態ではない。

「そんな状態なのに、どうして引き受けたんです」

「……書けるかなと思ったんだよ」

強がりも、落胆さえもなく、ブーディシアは、単に、悲しそうな顔をした。

どうして引き受けたのか、なんて、本当は俺が言えた義理ではない。

だって、そこまで彼女を追い込んだのは、俺なのだから。

「そんな顔すんなよ。腕が動かねーのは別にいい」

「よくありません」

「犯される前に蹴飛ばしてやったから、一勝一敗だよ」

「そういう問題ですか！」

「自分のやったことだから。そりゃ思うようにはならねーけど、別に暮らしていけないほどじゃねーし」

そう言って、彼女は脱いだパーカーをもう一度着込む。ファスナーを左手で器用に合わせると、そのまま上まで引っ張り上げた。

「……でも、辛《つら》かったのは、さ。グラフィティでどれだけ勝っても、なんにもねーんだよ。どこにも行けねーんだ。それが、わかっちゃってさ」

俺は、アイオンの言葉を思い出す。

不可能を可能にする勇気を与えたかった。そう言っていた。

けれど成し遂げた先に、必ずなにかが待ち受けているとは限らない。

壁がなにも教えてくれなかったら。

いったい、どうすればいいのだろう。

いつかブーディシアは語ってくれた。

上書《オーバーライト》きする。勝つ。自分のグラフィティが残る。それが名誉なのだと。

しかしその先に、なにもなかったとしたら。

その気持ちは、俺にも、痛いほどよくわかった。

ひたすら勉強し、練習を繰り返し、その先に乗り越えられない壁しかなかった、俺には。

「でも……なんか、お前のギター聞いたらさ。書けるかなと思っちゃった。勝つためじゃなくて。自分のためじゃなくて。もしかしたら……」

そうだ。

彼女は書こうとした。

ブリストルのために。

そして。

もしかしたら。

俺のために？

「……ま、気のせいだったけどな」

そう言う彼女の声は、深く、暗い響きだった。

俺がなにも言えずにいると、彼女は少し考えてから、再び口を開いた。

「ブーディシア、って名前、さ。嫌いだって言ったじゃん」

俺の相槌《あいづち》を待たずに、彼女は続ける。

「大昔のイギリスの女王の名前なんだよ。勝利《ビクトリー》って意味だって。でも、さ。攻めてきた敵と戦って、そいつは結局負けちまったんだ。ボロボロにされて、ムチで打たれて、ふたりいた娘は犯されて。反撃したけど、結局最後は毒飲んで自殺したんだとよ。それでなにが勝利《ビクトリー》だっての。ふざけた名前だよな」

俺は、なにも言えなかった。きっとその名前は、幸福を願ってつけられたものではあるのだろう。それでも彼女は、それを重荷として、背負ってしまっている。

「結局こうなっちまうんだよ。名前どおりにな。あたしにはもう、なにも残ってねー。多分、ここにいる意味も。ひょっとしたら、生きてる価値も」

ブーディシアは呟《つぶや》くようにそう言うと、ベッドに潜り込んで、布団を頭まで被《かぶ》った。

「ブーさん……」

俺はそれ以上、なにも言えなかった。

そんなことない、と声をかけることは簡単だ。

けれど、俺は誰より知っている。

そんな慰めが、どれだけ空虚に響くかを。

窓の外では、いつしか日が落ちていた。ブリストルの秋の日は、短い。気がつくより早く、部屋は暗闇で満ちていた。

ベッドからは、ブーディシアの寝息が聞こえてきた。いつの間にか靴も脱いでいる。

「ちょっと、本当に寝ちゃったんですか」

ここで寝られても困るので軽く揺すってみたが、まったく起きる気配がない。

あれだけのことがあって、なんとかここまで逃れてきて、今の今まであんな話をしていたというのに、どうしてこんなにスムーズに寝られてしまうのだろう。

俺は呆《あき》れてしまった。まったく、野良猫どころか、野生動物だ。

こんなところで寝てしまうなんて油断しすぎという気もするが、俺は俺で限界だった。

俺はソファの背もたれに頭を預けて、天井を見つめる。

全身が軋《きし》んでいることに、ようやく気づいた。当然だ。これまで経験したこともないことに、今日は山ほどぶつかったのだから。

俺は眼鏡を外してデスクの上に置く。

ゆるやかに解けていく意識の中で、俺は思う。

俺の選択は、正しかったのだろうか。

彼女は、書くべきなのだろうか。

勝つことも、負けることも、すべてを後にする方法は、簡単だ。

スプレーを置くこと。

もう書けない、というのなら、それは敗北でもなんでもない。

戦い疲れた彼女に、そんな安寧が、あってもいいのではないだろうか。

俺は、草原で眠るライオンの夢を見た。

静かに呼吸をするライオンに寄り添って、俺は眠っていた。

あたたかな体温と柔らかな毛皮は、さっきまで狩りをしていたなんて、信じられないくらい心地よかった。


目を覚ましたときには、もう遅かった。

暗かったはずの外には、もう日が昇っている。

あたりを見回すが、姿がない。

ブーディシアがいない。

俺はソファから飛び出す。狭い部屋だ、どこかに隠れているわけもない。眼鏡をかけてよく見ると、ベッドの上に、なにかが書かれた紙片が置いてあった。

拾って読む。

〈さよなら《グッド・バイ》〉

そのメモは、ひどい文字で書かれている。

俺は眠ったままだった自分の迂闊《うかつ》さを呪う。

まさか警察がここまで来て、連れていかれたということはないだろう。

となれば、彼女は出ていったのだ。

家に帰った、と考えるのが、もっとも自然な、いやそうあってほしい推論だ。

でも俺はどうしても、そうは思えなかった。

昨日の彼女の話が、頭の中で反響する。

もうなにも残っていない。ここにいる意味も。ひょっとしたら、生きている価値も。

あの霧の日。

最後に残ったグラフィティを消して、彼女はブリストルを後にするつもりだった。

俺が通りかかったのは、ただの偶然で、奇跡のようなものだ。

しかし、その奇跡は、今度は起きなかった。

どこかで思っていた。彼女の力になれる、と。

でもそれは思い上がりにすぎなかった。

ブリストルのゴーストは、消えてしまった。

嫌な予感ばかりが湧き上がって、心臓を押し潰《つぶ》す。とにかくそれをどうにかしたくて、俺は走った。

最初に俺が向かったのは、エイト・ビット・ワールドだった。ラデシュにブーディシアを見かけたか聞いたか、ここには来ていないという。心配そうにするラデシュを後にして、俺は店を飛び出す。

ここにいないとなれば、次に行く場所は決まっている。

俺は脇目も振らず、ベアー・ピットに向かった。石畳の坂を下って、走って、走って、息が切れるころにようやく辿《たど》りつく。

「なんだ、これ……」

しかし俺を待っていた光景は、想像を超えていた。

ベアー・ピットは、真っ白になっていた。

すべてのグラフィティが、ひと晩にして消されていた。周囲にはフェンスが張り巡らされている。ブーディシアが立っていたあの簡易ステージは、解体されたらしく面影もない。昨日はあんなに人がいてジャングルみたいな騒ぎだったベアー・ピットは、今やがらんとして、荒涼とした砂漠のように感じる。

白と黒に彩られたウルサだけが、悲しそうに佇《たたず》んでいた。

「……ヨシ」

名前を呼ばれて振り向くと、見覚えのある太った小柄な男が立っていた。

「ペニーさん」

その丸い顔には、いたるところに痛々しい傷や痣《あざ》があった。昨日、警官にやられたのだろうか。それでも警察に捕まっていなかったことに、俺はほんの少しだけほっとする。だが、目の前のベアー・ピットの姿は、俺の喉元に、残酷な現実を突きつけてくる。

「いったい、あの後、なにがあったんです？」

「……結局、俺たちは警察に勝てなかったっす」

ペニーは俯《うつむ》いたまま、そう言った。

「抵抗したら殴られて、俺たちは全員追い出されたっす。それから市議会の連中が業者を引き連れてやってきて……グラフィティを、真っ白に……。ジェイエフはキャプテンを守って怪我《けが》して、キャプテンも最後まで戦って、でも、最後は警察に捕まっちゃったっす。俺はなんとか逃げ出して……キャプテンはちゃんと許可を取ったって言ってたのに……ひどいっすよ……！」

ペニーは胸を摑《つか》む。体の傷以上に、心のほうが、ずっと痛そうだった。

「俺、悔しいっす。俺とジェイエフの店も、撤去されたっす。俺たちが作ってきたもの、全部なくなっちゃったっす」

フェンス越しに広場を覗《のぞ》き込《こ》む。ジェイエフのコーヒーと、ペニーのブリトー。あの緑のバスを改装した店も、テーブルと椅子も、すっかり消《き》え失《う》せてしまっていた。

「アイオンの店も、スプレーが販売停止になってるそうっす。今のブリストルじゃ、グラフィティどころか、スプレーのひとつも買えないっすよ」

甘く見ていたわけではない。

けれど思っていた以上に、徹底していた。

警官を突入させイベントを潰す。ベアー・ピットを浄化する。主要なライターの身柄を確保する。スプレーの販売を差し止める。警備員を配置して、新たなグラフィティを防ぐ。

そして、ブーディシアもいなくなってしまった。

完璧だ。

完璧すぎるくらいに。

「実は、ブーさんが、いなくなってしまって……」

「そんな！　どこに行ったっすか！」

ペニーは俺の肩を摑《つか》んで揺する。

「それが、わからないんです」

「うう……」

うなだれるペニーに、俺は、かけられる言葉がなかった。

俺に引き止めることができていれば。

いや、今するべきことは、後悔ではない。

とにかく、ひとつでも、手がかりが必要だった。

「ベアー・ピットには、もう入れないんですか？」

「……フェンスは周りから忍び込めないようにしてるだけっす。普通の人の通り道にもなってるから、入るだけなら入れるっすよ。警備員がいるから、なにも書けないっすけど」

「一応、行ってみます」

ブーディシアがここにいる可能性は低いと言わざるを得ないが、しかし確認しないわけにもいかない。

俺たちは、真っ白になった階段を下って、広場に入った。がらんとした広場には、確かに数名の警備員が目を光らせている。通りかかる市民も、まばらながらいないわけではなかった。

「……本当に、全部、消えちゃったんですね」

「そういえば、ひとつだけ残ってるグラフィティがあったっす。残ってるっていうか、新しく書かれたっぽいっすけど」

「新しく？　この状況で、ですか？」

「警備員には見つからなかったんすかね？　あっちっすよ」

ペニーの後に続いて、俺はベアー・ピットの奥へと進む。

「これっす」

それは確かに、奥の目立たないところに書かれていた。確かに見つからないよう書くこともできなくはないだろう。

「ヨシ」

そのグラフィティを観察していた俺は、ペニーに名前を呼ばれて振り返る。

「……これ、渡しておくっす」

そう言って、ペニーは背負っていたバックパックを降ろした。

「俺、これだけなんとか守ったっす。警察にはボコボコにされたっすけど」

自嘲するように笑いながら、ペニーはそのバックパックを、俺に渡した。

手渡された瞬間、ガチャリと中で音が鳴る。

それは、あのときステージの上にあった、ブーディシアのバックパックだった。

「ペニーさん、あの中で、ひとりで……」

「俺は、そんなすごいライターじゃないっすから。なにもできない自分が情けなかったっす。でも、これが目の前にあって。夢中で……」

片手で受け取ったバックパックが、その重みを増したように感じた。

「ヨシ。ゴーストを見つけて、言ってほしいっすよ。これでグラフィティ、書いてくれって。俺、みんなに伝えたいっす。まだ、全部なくなったわけじゃないって。ブリストルのグラフィティは……死んでないって！」

「ペニーさん……」

切実なその訴えに、しかし、俺は、なにも応えることができなかった。

「俺は知ってるライターに、ゴーストのこと、聞いてくるっす。なにかわかったら連絡するっすよ」

「ありがとうございます」

礼を言うのがやっとだった。足早に去っていくペニーの小さな後ろ姿を、俺は見送る。

俺はそのグラフィティに視線を戻した。

黒いスプレーを使って、丸い文字で、なにか文章のようなものが書かれている。一見しただけでは、特別なものには見えない。しかしあえてこの状況で、警備員の目を盗んで書かれたグラフィティだ。なにかの意味があるのかもしれない。

そのグラフィティを見ながら、俺はこう思わずにはいられなかった。

もしここに、ブーディシアがいてくれたら。

きっとすぐに、すべてを解き明かしてくれるのに。

俺はそんな想像を追い払うべく、小さく首を降った。しっかりしろ。状況は逆だ。そのブーディシアを探し出さなくてはならないのは、他でもない、俺なのだ。

改めて、そのグラフィティを観察する。

スプレーの黒ははっきりしていて、ごく最近書かれたものに思える。周りの様子を見ても、ここだけ残して周囲を白く塗ったとは考えられない。ペニーが言ったように、一度真っ白に塗られた上から、新しく書かれているようだ。

なんとなく整ってはいるけれど、全体の印象としては、決して勢いやエネルギーのあるものではない。落書きというほどではないけれど、丸い文字の並んだ、ありふれたグラフィティだ。

あとはなにが書いてあるか、だ。

俺は丸く膨らんだ、その文字を眺める。

独特のディフォルメで書かれた文字は、俺の認識を拒否してくる。

しかし。

じっと見ているうちに。

次第に、アルファベットが、浮かび上がってくる。

「あ……」

そのグラフィティは、俺に、メッセージを伝えてくる。

ブリストルに来たばかりのころ、グラフィティがなにかということさえ、俺は知らなかった。

ブーディシアと出会い、ジョージと知り合い、アイオンと話し、ララと向き合った。

俺は今も、ライターではない。

この街で生まれ育ったわけでもない。

けれど、俺はもう、無関係な他人ではない。

壁が語りかけてくる声が。俺にも。聞こえる。

〈アット・ホーム・ウィズ・プリンセス〉

書かれていたのは、それだけ。たったそれだけだ。

でもそれで十分だった。

もっとも雄弁なメッセージ。

それは、俺がこのグラフィティを読めた、という事実そのものだった。


ブリストル・ミュージアム・アンド・アートギャラリー。

ブリストル大学のもっとも大きな建物、ウィルス・メモリアル・ビルディングに寄りそう、ブリストル最大の美術館・博物館だ。最大といっても、その規模はもちろんロンドンや、日本なら東京の上野にあるようなものとは比べるべくもない。日頃は市民に無料で開放されていることもあって、こぢんまりとして親しみ深い。とはいえ、その外装は、貫禄《かんろく》を感じさせるに充分だ。

俺は、ミュージアムの前で、その建物の重厚な佇《たたず》まいを眺める。エントランスの上に掲げられたプレートには、１９０４という数字が見てとれる。その数字は、この美術館が百年以上前からこの場所にあるということを示していた。

俺はこの街の百年に、想《おも》いを馳《は》せる。

生まれる前どころか、何世代にも渡る時のなかで、いったいどれだけの人がここを訪れ、どれだけのアートを愛《め》でてきたのだろう。連綿と続くその長い糸の先端に、今、俺たちは立っている。

この先に、誰が待っているのかはわかっている。

しかし、なにが待っているのかはわからない。

それでも、確かめなくてはならない。

俺は深呼吸をすると、ガラスのドアを開けて、中へと入る。

広々としたエントランスホールは、三階までの吹き抜けになっている。両脇の壁には大きな古い絵が飾られ、隅にはエジプトのものと思《おぼ》しき石像が佇《たたず》んでいた。正面に設けられた階段にかかるアーチには、体の長い東洋の龍が飾られている。世界中のものがひとつの場所に飾られた、実に奇妙な空間だった。

その広場の真ん中に、いつものようにレインジャケットを着たその男は、いつもと同じ笑顔で立っている。

「やあ。来てくれて嬉《うれ》しいよ。僕の家《ホーム》へようこそ」

ジョージはそう言って、両手を広げる。

そう。ここが、彼の、家《ホーム》だ。

「本当は休館日だったんだけれど、どうしても君に来てほしくてね。ちょっと工夫して開けてもらったのさ。ああ、安心してくれ。監視カメラは全部止めてある。職権濫用というやつだ。素晴らしいだろう？」

ジョージは手を広げたまま、ゆっくりぐるりと回った。

彼の家、彼の庭。

ジョージが隅々までこの場所を知り尽くしていることが、よくわかる。

ひょっとしたら、体の一部というくらい。

「……ベアー・ピットのグラフィティ、ジョージさんが書いたんですね」

ジョージは満面の笑みを浮かべ、嬉《うれ》しそうに答える。

「いやあ、招待状がきちんと届いたようでなによりだよ。もちろん君のことは信じていたけれど、ね。ほら、なにがあるかわからないじゃないか。そうだろう？」

「あのグラフィティは、バブル・レター、でした。だから読めたんです。エイト・ビット・ワールドに大きなグラフィティが書かれたとき、ジョージさんが、教えてくれましたから」

俺は一歩、ジョージに近づく。

「読むだけなら、俺じゃなくてもできます。でも、あれを読んでここに辿《たど》りつけるのは、ジョージさんがこの美術館を〈家《ホーム》〉と呼んでいることを知っている人だけ、です。グラフィティが読めて、しかも、家《ホーム》と言われてここが思い浮かぶ。多分それは、俺だけでしょう」

できることなら、これ以上話したくなかった。しかしそれでも、俺は息を吸って、続ける。

「ジョージさんは、俺がベアー・ピットに行くとわかっていた。いえ、絶対に行くと確信していた。俺にはそうする理由があると、知っているからです」

そして、このことが導く結論は、ひとつしかない。

「ジョージさん。ブーさんは、どこですか！」

「最高《ブラボー》だ！」

ジョージはひとり歓声を上げて、拍手をする。人のいないエントランスホールに、その音は何度も跳ね返る。

「いやあ、やっぱり君は素晴らしい。僕は人を見る目には自信があるんだ。幾多の困難を乗り越えてこの城まで辿《たど》りついた君を待っているのは、そう、やっぱりお姫様《プリンセス》じゃなきゃね」

そう言い残して、ジョージはホールの奥に引っ込み、そして、すぐに再び姿を現す。

その腕に抱きかかえられているのは。

「……ブーさん！」

彼女は意識を失っていた。思わず駆け寄ろうとするが、ジョージがそれを制する。

「おっと、君はまだそこにいてくれ。なに、傷心の家出少女を誘拐するようなものさ、簡単だったよ。……ほら、ブー。起きなよ。君の王子様《プリンス》が助けに来たよ」

ジョージはそう言って、彼女をホールの中心に寝かせると、軽く頬を叩《たた》いた。

「ん……」

　ブーディシアは唸《うな》ると、ゆっくりと目を開け、幾許《いくばく》かの間を空けて、飛び起きる。

「っ……！　あたし、なんで……」

「ブーさん！　大丈夫ですか！」

　俺は彼女に駆け寄る。今度はジョージも止めなかった。代わりに、ジョージはゆっくりと後ずさって距離を取る。まるで俺たちを、ふたりにするように。

「ヨシ？　ごめん、あたし、やっぱりブリストルを出るつもりで、それで……」

「いいんです！　大丈夫ですか？」

　俺はブーディシアの体を点検する。少なくとも見えるところに怪我《けが》はしていないようで、少しだけ安心する。

「嫌だなあ。そんなに心配することないよ。眠りすぎないよう薬品の計量だってちゃんとしているし、乱暴なんてするわけないだろう。そりゃ、好き放題しようと思えばいくらでもできたけれどね。ご存知のとおり、僕は紳士《ジエントルマン》なんだ」

　なぜ、こんなことを。

　信じたくないけれど、俺の中に、答えはすでにあった。

　確かめなくてはならない。

　そのために、ここに来たのだから。

「……ジョージさん。これまでのことはすべて、あなたが仕組んだ。違いますか」

「いやはや、やっぱりバレていたか。まあ、そろそろ限界だとは思っていたんだ」

「なにが狙いだ!」

「なんだい、ブー。君には伝わっていると思っていたけれど。悲しいね。いや、それとも受け入れられていないだけなのか。君は本当に不器用で、素直じゃないからなあ」

「なんだと……?」

「なにが狙いだ、だって? 少しはその頭を使ったらどうだい、ローストビーフちゃん。決まってるだろう。……ブー、君に書いてもらうためだ」

いつもの悪ふざけとは違う。裁判所の検察官のように、ジョージはブーディシアを指差す。

「そりゃ、恨みを買って襲われたのは不幸だったさ。でも、腕の一本ぐらいで立ち止まってもらっちゃ困るんだ。君はこれからブリストルのアートの歴史を作っていく、女神《ミューズ》なんだから」

「ふざけんな。あたしが書くことが、お前になんの関係があんだよ!」

「関係ないわけがないだろ? ……いいかい、僕の身になって考えてみてくれよ」

吠《ほ》えるブーディシアのことなどまるで意に介さず、大学の老教授のように優雅な仕草で、ジョージは言う。

「ずっと一緒だった幼馴染《おさななじみ》がいて、妹みたいに可愛《かわい》がっていてさ。自分はアートが大好きで、美術館に入り浸って、いつか画家になれたら、なんて夢見ながらスケッチブックに模写しているとしてみたまえよ。そんなある日、幼馴染《おさななじみ》が突然スプレーで壁に絵を描きはじめたら、どう思う？　しかもそれが、圧倒的《オーバーリー》、天才的《ギフテッドリー》、歴史的《ヒストリカリー》といってもいいくらいに……自分が尊敬している、いつかああなりたいと思っているアーティスト、そうだね、たとえばバンクシーに肩を並べるくらい、上手《うま》かったとしたら？」

ジョージの声は、誰もいない美術館の古い建物にこだまする。

「そりゃあ、自分もちょっとくらい、壁に書いてみようとも思うだろうさ。そして絶望するんだ。自分の才能のなさにね。ブーは正しいよ。僕はどこまで行っても、皿の隅にひっそりと残されゴミ箱に捨てられる、パセリなのさ」

ジョージも、ライターだった。

絶望して、スプレーを投げ捨て、絵筆さえも折った、ひとりのライター。

聞いてしまえば、シンプルすぎるほどの結論だ。

けれどそれゆえに、幾つかの事実を、どうしようもなく明確にする。

「……店に報復で書かれたグラフィティは、ララさんのものじゃなかった。そうですね」

「うん。才能のない僕にも、得意なことがひとつだけある。それは模写《レプリケーション》だ。あれはララくんが書いた昔のグラフィティを再現したんだよ。グラフィティ対策と称して、街をよく見回っているからね。グラフィティはたくさん記録しているさ。もちろん、趣味も兼ねて」

ララは自分は書いていない、と言っていた。彼女が嘘《うそ》をついているとは思えなかった。同様に、クルーがやったとも考えられない。彼女のカリスマを前にして、そんな不遜なことをするメンバーがいるとは信じがたい。だとしたら、別の誰かが書いたはずだ。そうする理由を持った、別の誰かが。

「他人のグラフィティを真似《まね》て書くてめーに、アートがどうとか言う資格はねーだろうが！」

「僕は最初からアーティストじゃないからね。より大きな目的《フォー・グレイター・グッド》のために、というやつさ。ララくんには失礼をしたけれどね」

ジョージは笑顔を崩さない。

「たまたまあの店に、ペニーくんがグラフィティを書いたのはラッキーだったよ。報復に見せかければ、君たちなら必ず再びベアー・ピットに足を運ぶ。そこでキャプテン・ララに引き合わせて、刺激を受ければいいと思ったんだけれど……まあ、それだけじゃ書くところまではいかなかったね。うん、それは想定内だったかな。君は頑固だから、もっと追い詰めないと」

「ベアー・ピットの浄化も、あなたが誘導したんですね」

「さすがヨシくん。市議会ではグラフィティの弾圧を進める。ベアー・ピットにも潜り込んで、それとなく反発心を育てて反抗《レジスタンス》を盛り上げる。でもアイオンくんには、ちょっとばかり悪いことをしたな。彼があんなグラフィティを書くなんて思わなかった。偶然とはいえ、ありもしない対立に巻き込んでしまったわけだからね。まあ、僕も保釈に奔走したんだ。多めに見てくれよ」

「ふざけんな！　アイオンは、ブリストルのために書いたんだぞ！　お前のためじゃねー！」

「ま、そうかもしれないけどさ。実際彼が書いてくれて助かったよ。あれで反市議会運動はたいへん盛り上がったから。いやあ、けっこうけっこう」

怒り狂うブーディシアは、しかしなにかに気づいたらしく、その透明な顔から血の気が引いていく。

「……おい。ひょっとして、警察も、お前が……」

「そうだよ。ララくんは僕にイベントの許可を求めてきた。休戦したとはいえ、彼女から見れば僕は敵だ。さすがの胆力と柔軟さだよね。もちろん協力すると言ったさ。みんなでグラフィティを書いたらいいんじゃないか、とアドバイスも添えてね。ブリストルのグラフィティの未来がかかった大舞台。傍らには王子様《プリンス》。それなら我らが眠り姫《プリンセス》も目覚めるかと思ったんだけど……結果はご存知のとおり。いやあ、僕だってがんばったんだよ。こんなイベントがあるから許可してくれ、って、しっかりはっきり、市議会に伝えたさ」

詭弁《きべん》だ。

市議会が許可するわけがない。

それは密告と同義だ。

「ブーさんだって危険でした！　警察に捕まるか、怪我《けが》をしていたかもしれない！」

「そのために君を置いた。クイーンが動き回れるように、相手のポーンを食い止めるナイト。それがヨシくん、君だ。言っただろう？　僕はこれでも、君のことを買っているんだよ」

「ララもジェイエフも、みんな捕まったんだぞ！　お前のせいで！」

「僕のせい？　違うな。グラフィティを書いたから捕まったのさ」

「この嘘《ライアー》つきが！」

「ひどいなあ。それが幼馴染《おさななじみ》に言うことかい？」

ポケットに手を入れて、ジョージは拗《す》ねたような素振りをする。

「ブー。君がそういう態度ならね。僕にだって、考えがあるさ」

ジョージが、ポケットから、手を出す。

「ブーさん！」

一瞬だった。

素早くポケットから出した手に、銀色の光がきらめく。

ジョージはナイフを構えて、ブーディシアに一直線に向かっていく。

考えるより先に、足が動いていた。

ジョージとブーディシアの間に、自分の体を、滑り込ませる。

「そう、それでこそだ」

「え？」

ナイフが目の前に迫った瞬間。

ジョージが俺の肩を、全力で押した。

俺はバランスを崩して、回りながら倒れそうになる。

俺の首に、腕が巻きつく。

あっという間に、俺はジョージに拘束されていた。

俺は両手で振りほどこうとするが、がっちりと首に食い込んだ腕はびくともしなかった。

そして、首筋に尖《とが》ったものが当たっている感触がして、俺は状況を悟る。

「ジョージ、てめえええええ！」

「おおっと、動かない動かない。ブー、君は目がいいんだから。この状況、見えるだろ？　まったく、刃渡り3インチ以下でロックがなければ折りたたみナイフを持ち歩いていいなんて、誰が決めたんだろう。力のかけかたをちょっと工夫すれば、人ひとり簡単に殺せるのにねえ」

俺がブーディシアを守ることまで見越して、最初から俺を狙うつもりだったのだ。

警戒はしていた。していたつもりだった。けれどジョージはよくわかっている。じりじりとナイフを取り出すのではなく、予備動作をできるだけなくして、いきなり動く。それだけで考える暇はなくなる。そこでブーディシアが狙われたら、俺はジョージの想定をなぞるしかない。

完全にジョージの勝ちだった。

「ほら、ブー。見てごらん。君のせいで、ヨシくんの身に危険が迫ってるよ」

「……すみません、ブーさん」

「なんで、なんでお前が謝るんだよ！　あたしの、あたしのせいで、こんな……！」

俺は答えられない。

なぜ俺が謝るのか。

それはもう、説明できないほど、たくさんの理由があったからだ。

「やめろ！　やめてくれ！　ヨシは関係ねー！　これはあたしの問題だろ！」

「そのとおり。ちゃんとわかっているじゃないか。君が書かないからこうなってるのさ」

ジョージは俺の首筋にナイフを当てたまま、俺の背負ったバックパックを外す。

腕が少し離れたが、今動けば、ジョージはためらいなくナイフを刺すだろう。

ジョージは外したバックパックを、ブーディシアに放る。スプレーのガシャンという大きな音をさせて、ブーディシアは胸の前に投げられたそれを受け止めた。

「これ……あたしの……」

「書くんだ、ブーディシア」

「どこに書けっていうんだよ」

「君は天才だ。だから上書き《オーバーライト》する権利がある。たとえそれが、歴史そのものだとしても」

「なにを言ってるのかわからねー！」

「まったく、君は本当に、わからないふりばかりだねえ。……さて、それじゃヨシくん。君はあの像がなにか、知っているかな？」

ジョージは俺に顔を近づけ、まるで子供に説明する父親みたいに親しげに、顎でホールの階段の脇に佇《たたず》む、ひとつの像を指す。

それは天使の彫像だった。

ゆったりした衣に身を包んで、高い土台の上に立ち、両手で花を持っている、よくある天使の像。普通と違うのは、目を合わせることができないこと。なぜなら、その頭には、ペンキの缶が被《かぶ》せられているからだ。缶からはピンクのペンキがこぼれ、胸と足を伝って土台に垂れている。奇妙な像だった。

「ペイント・ポット・エンジェル。２００９年にここで開催されたバンクシーの個展に際して作られた彫刻だ」

バンクシー。

これまでも、何度も耳にしてきた名前。けれど、美術館で個展を開いていたというのは初耳だった。市立美術館に彫刻が飾られているとは、もはや単なるグラフィティ・アーティストの域を超えている。

「いいかい。ベアー・ピットの事件は、ブリストル中が注目している。メイン・ディッシュを担当するはずだったライターがいったい何者か、ってことも含めてね」

俺はたくさんの市民が見守っていたことを思い出す。ベアー・ピットは、ブリストルの中心にあると言っていい。そんな場所であんな騒ぎが起これば、それも当然だろう。

「だから、ね、ブー。君はそこに書くんだ」

そう言ってジョージはわずかにナイフの先を動かす。その指す先は見えなかったけれど、視線は階段を挟んで逆側に向けられていた。

そこには中央の階段を挟むようにして、ペイント・ポット・エンジェルが乗っているのと同じ、大きな四角い台座が設けられている。

しかし、その上にはなにもない。

天使と対になった、空白の台座。

もし、仮に、だ。この場所にグラフィティが書かれたなら。

エントランスから入ってすぐ、広大なホール中央の階段を挟む台座。その片方にペイント・ポット・エンジェルを。そしてもう片方には、グラフィティを見ることになるだろう。

美術館を支配するように、あるいは守護するように並ぶ、一対の存在として。

「そう、君は今夜、並ぶ。バンクシーに。彼は美術館にバレないように作品を置いたことがあるけれど、今度は逆だ。君は美術館に、グラフィティを書く。誰もが君の作品から、目を逸《そ》らせない。ニュースはブリストルを超えて、世界中に届くだろう。ブリストルの幽霊《ゴースト》は、天使《エンジェル》を超えるのさ！」

狂っている。

クリスマスにおもちゃを手に入れてはしゃぐ子供みたいなジョージの声を耳元に聞きながら、俺は思う。

ジョージは今、この瞬間、この場所で、ブーディシアにグラフィティを書かせるために、すべてを進めてきたのだ。

周到に、緻密に、状況に対して柔軟に対応を変えながら、ここまで辿《たど》りついた。

そして、王手《チェックメイト》のナイフは、俺の首に当てられている。

その執念は、正気ではない。

「そんなこと言ったって、あたしは、もう……」

「わかってるわかってる、右手は動かないっていうんだろう？　忘れなよ、そんなことは《フォーゲット・イット》」

あまりにも軽いトーンで、本当になんでもないことのように、ジョージは言い放つ。

ブーディシアはなにか言おうとするが、開いた口は塞がらないまま、言葉は出てこない。

「君は、書こうと思えば書ける。本当はね。書く気なら、腕が一本なくなったって書くだろう。君はただ、言い訳をしているだけだ」

「あたしは……」

俺は奥歯を噛《か》む。

正気ではないが、正論ではあった。ナイフよりずっと鋭い、正論。

それは誰より、俺がよく知っている。それだけに、反論する言葉がない。

傷ついた。俺はそれを理由に、いや、言い訳に、ここまで逃げてきた。だけど、ブーディシアのためになら、俺はギターを持てた。

確かにブーディシアの腕は傷つき、動かない。それは気持ちの問題ではない。根性で腕が癒えるわけではない。仮にリハビリをしたって、もとのようなグラフィティは書けないだろう。けれど、だからといって、なにもしない、しようとしない、というのは、別の話だ。

悔しいけれど。

ジョージは間違っていない。

しかしブーディシアは、胸にスプレーの入ったバックパックを抱いたまま、動かない。さっきまでジョージを睨《にら》みつけていた視線は、今は美術館の磨かれた白い床に落とされている。

「……やれやれ。ここまですればひょっとしたら、と思ったけれど。まったく、手がかかるねえ。でもまあ、仕方がない。ローストビーフはね、時間のかかる料理なんだ。断面をきれいな赤《ロゼ》にするためには、じっくりと火を通さないといけないからね」

状況に対して驚くほど軽薄な調子で、ジョージは言う。

そして。

同じくらいの気軽さ、迷いのなさで。

俺の腕に、ナイフを、刺した。

「がっ……！」

激痛が走る。もがく。しかし首にはジョージの腕が回っていて、逃げることはできない。止《や》まない鋭い痛み。皮膚を切り裂く、ブツブツという感触。ブーディシアの悲鳴。バックパックを取り落としたガシャリという金属音。そして、ジョージの笑い声。

「ジョージ！　やめろ！」

「僕は書けと言った。君は書かない。なのに君は、自分だけ僕に命令するのかい？　まったく筋が通らないよ。そうだろう？」

「ヨシは関係ねーだろ！　やるならあたしをやれ！」

「あいにく、そうするには僕はちょっとばかり頭がよすぎてね。手段と目的を混同したりしない。君にはこれが一番効果的だってこと、わかっちゃうんだな」

ナイフが捻《ひね》られる。激痛。息が漏れる。腕を伝って血が流れ、指先から美術館の床に落ちる。

もはや声にならない、ブーディシアの悲鳴。

「ヨシくん。君、ギターをやっているね。しかも、かなり真剣《シリアス》に」

俺は驚く。ジョージにその話をしたことはない。いや、むしろ、ブリストルに来てから、音楽をやっていたことを言ったのは、ブーディシアただひとりだ。

「そんなにびっくりすることはないさ。その左手の、短い爪と硬くなった指先を見ればすぐにわかる。正解だろ？　探偵《ディテクティブ》と呼んでくれてもいいんだよ」

その言い方がまったくいつもと変わらないことが、恐ろしかった。

すぐ近くに感じる息遣いは、まったく乱れていない。

常軌を逸した冷静さだ。

「そう、この腕はとっても大事だ」

「やめろ……」

「ブー。君は世界中の誰より知っているはずだ」

「……やめて……」

「腕を失うアーティストの辛《つら》さを、ね」

「ジョージ！　お願い《プリーズ》！」

懇願を聞いて、ジョージは笑う。

「お願い《プリーズ》、だって？　それは僕の台詞《せりふ》だよ。いや、どちらかというとヨシくんの台詞《せりふ》かな？　ブー、助けて！　気が狂った道化《クラウン》に襲われてるんだ！　お願い《プリーズ》！」

トーンはふざけていても、俺にはわかる。

これは本気だ。

ジョージなら、やる。

それが目的のために必要な手段なら、ここまでそうしてきたように、ためらいなく、やってのけるだろう。

そうだ。

より大きな目的《フォー・グレイター・グッド》のため。

ブーディシアにグラフィティを書かせるためになら。

ジョージは、なんだってする。

「こんなことしたって……あたしは書けない」

「大丈夫。君ならできるよ。自信を持って。さあ、バックパックを持って台座の上に立つんだ」

その響きは、どこまでも優しい。

子供を勇気づける親のように。生徒を諭す、教師のように。

ブーディシアはゆっくりと床に落ちたバックパックを拾うと、ふらつきながら、台座へと向かう。

「いい子だ《グッド・ガール》」

俺の腕にナイフを刺したまま、ジョージは彼女を、褒めてみせる。

意識が遠のきそうな痛みの中、俺は考えていた。

これで、いいのではないだろうか。

ベアー・ピットを、そこに集うライターたちを犠牲にしてブーディシアを追い込むやり方は、手段として確かに悪辣だ。しかし、考えようによっては、それもう、過ぎたことでしかない。

ジョージだけではない。アイオンが、ララが、数多《あまた》のグラフィティライターたちが、あるいはブリストルそのものが、彼女に書くことを望んでいる。

そして、俺も。

腕が動かないから、書けない。それは言い訳にすぎないと、ジョージは言った。
俺はそれを否定できない。
彼女のためになら、俺は弾《ひ》けた。
止まってしまったものを動かすのが、一番難しい。
逆に言えば、一度動き出してしまえば、あとは簡単だ。
ブーディシアに今必要なのは、理由なのかもしれない。
それでも書く、書かなければならないという、理由。
それが今、俺なのだとしたら。
結局、俺とジョージは、同じことを願っている。
ブーディシアに、書いてほしい。
ナイフを刺す側と刺される側である以上に、俺たちは、同じ想《おも》いを抱いている。
ブーディシアはバックパックを再び床に落とす。
その右手には、スプレーが握られていた。
けれど、離れていてもわかるほど、その力は弱く、手は震えていた。
「さあ、ブーディシア。書くんだ」
俺が、書いてくれ、と言えば、彼女は書くだろうか。
お願い《プリーズ》、と添えて。

助けてくれ《ヘルプ》、と言えば。

それなら。

けれど、口を開こうとしたそのとき、俺は見た。

壁を見上げて、震える手でスプレーを構える彼女の頬に、一筋の涙が流れるのを。

「書け。書くんだ！」

ジョージの声で、俺は我に返る。

違う。

そうだ。これじゃダメなんだ。

「ブーさん！」

俺は叫ぶ。

確かに届くように、できるだけ大きな声で。

彼女が振り向く。

涙で頬を濡《ぬ》らすその顔に、野生のライオンのような気高さはない。

野良猫のような自由と誇りもない。

あるのは、怯《おび》えだけだった。

まるで、箱の中に捨てられた、子猫のような。

「……書かないでください《ドウ・ノット・ライト》」

ひとつひとつの単語を、ゆっくりと、はっきりと、俺は発音する。

彼女の目が、見開かれる。

「ヨシくん、なにを言ってるんだ！　君だって、ブーには……」

「いえ……書いてほしくないですね」

ナイフはまだ、腕に刺さったままだ。けれど痛みは、不思議と気にならなくなっていた。

俺は思い出していた。

なぜグラフィティに惹《ひ》かれたのか。

自分でもわかっていなかった。

けれど今ならわかる。

それは、誰も得しないからだ。

壁を汚して、摑《つか》まるリスクを犯して、ときには暴力さえも受けながら、なぜか、競い、書く。

そしてそれは、すぐに上書き《オーバーライト》され、あるいは浄化され、消えてしまう。

誰にも望まれない、どこにも残らないアート。

それがグラフィティだ。

けれど、だからこそ。

「こんなの、ブーさんらしくないです」

「あたし、らしい……」

気の抜けた顔をして、彼女は俺を見る。

その青い瞳は、少しずつ、もとの透明さを取り戻す。

「ワガママで、めちゃくちゃで、人の言うことなんかこれっぽっちも聞かない。ずっとそうだったでしょう」

俺は彼女に初めて出会ったときのことを思い出す。

だから、俺は彼女に、惹《ひ》かれたのだ。

「俺は、ずっとそれが、羨ましかった。誰かの、なにかのためじゃなく、自分の心……魂にしか従わないブーさんに、憧れてました」

俺はずっと、傷ついていた。

魂がない。そう言われた。

練習したことも、勉強したことも、すべてがそのひと言の前に、無に帰してしまうような気がした。残さず消えてしまうような気がした。

けれど、それは正しかった。

うまくなるために練習する。曲を書けるようになるために勉強する。いつのまにか、そうすればいい、と思うようになっていた。

問題なのは、積み上げたそれで、なにをするか、だったのに。

「だって、あたしが書かなかったら、ヨシ、腕が……」

「いいんです、そんなことは」

「よくねーよ！　お前だって、ここまで音楽やってきたんだろ！　それをなくしたら、なんのために……」

「なにかのためにならなくちゃ、いけないんですか」

なににもならなくたって。

魂がそう求めるのなら。

俺は、俺たちは、なにかをなすことができる。

「……ヨシくん。いい加減にしないと、僕は本当にやるよ」

ナイフを握るジョージの手に、力がこもったのがわかった。

ジョージは本当にやるだろう。けれど。

「本気なのは、ジョージさんだけじゃないです」

俺は覚悟を決めて、息を止める。

そして思い切り、腕を、外側に、広げた。

「ぐうっ……！」

思わず声が漏れる。

ナイフが深く刺さる。衝撃が骨に伝わる。今までとは比べ物にならない痺《しび》れるような感覚が、腕を襲う。

痛い。

でも、大したことはない。

自分の音楽を否定されたときのほうが、もっと痛かった。

そして今は。

ブーディシアのほうがもっと痛いはずだ。

「ヨシ！」

「ヨシくん、なにを……」

ブーディシアがスプレーを取り落とす。

ジョージが手を緩める。俺は振りほどく。ナイフが落ちる音がする。これまで刃が塞いでいた傷口から、血が流れるのがわかる。

遠のく意識を、俺は必死で繋《つな》ぎ止《と》める。

「……書かないでください、ブーさん。今は、まだ」

足元がふらつく。

それでも、前に出る。

彼女に伝えたいことがある。

俺には、言わなければならないことがある。

「勝つためでもない」

ブーディシアがかつてそうであったように、上書きするのでもなく。

「街のためでもない」

ララがそうするように、ブリストルを守ろうとするのでもなく。

「歴史のためでもない」

ジョージが求めるように、人々の記憶に残るのでもなく。

「俺のためでもない」

そう、俺はどうなったっていい。

涙を流しながら、グラフィティを書くブーディシアを見るくらいなら。

憧れた野生の獅子《しし》が、檻《おり》に入った姿を見るくらいなら。

目の前のブーディシアは、弱りきった、捨て猫のような顔をしている。

違う。そんな顔じゃない。

俺が憧れた、君は。

「もし、もう一度、グラフィティを書く、というのなら……」

身をかがめる。美術館の床に転がるスプレーを拾う。銀色の缶が赤く染まる。それでも、構わない。

澄み切った青い瞳で俺を見つめる彼女の手を取る。

そして俺は、動かないその右手に、スプレーを、叩《たた》きつけた。

「自分のためだけに書け、ブーディシア！」

「ヨシ……あたし……」

ブーディシアは、手の中のスプレーに目を落として、顔を歪《ゆが》める。

けれど、彼女は、すぐに口を結んで、もう一度目を上げる。

そして取り戻す。

そう、草原に佇《たたず》む、誇り高いライオンの目を。

「……いやあ、さすがに今のは予想外だった。驚いたよ。やるね、ヨシくん。羨ましい、妬ましいくらいだ」

俺が振り向くと、ジョージはナイフを拾って、さっきまで俺に刺さっていたその刀身を、美術館の照明にかざして見つめている。声はいつもと同じように笑っていた。しかし、その顔から、笑顔は失われていた。

「で、ローストビーフちゃん。結論を聞こう。君は書くのかい？」

血で汚れたそのナイフをブーディシアに向けて、ジョージは問う。

「書かない」

ブーディシアは毅然《きぜん》と答える。

「ジョージ。お前のためには、あたしは書かない」

「それが……それが君の答えなのか」

「そうだ。失《う》せろ。てめーの出る幕はねー」

大きな笑い声が、美術館に響いた。ジョージは信じられないくらい面白いジョークを聞いたみたいに、首を横に振って、手を広げ、肩をすくめる。

「それが、君が書くためにここまで手を尽くしてきた幼馴染《おさななじみ》に言うことなのか。それが!」

「……あたしは知ってる。ジョージがずっと、見守ってくれてたこと。感謝もしてる。けどさ。そのためだったら、ブリストルのグラフィティを消していいって、人を傷つけていいって、そんなわけねーだろ!」

「残念だよ《アイ・アム・ソーリー》、ブー。本当に、ね」

笑顔のまま、ジョージは言う。

「いやはや、このプランは、いい線行ってたと思ったんだけどなあ。今のが最後の一枚だ。さすがの僕も、もうカードがない。また一からやり直すよ」

そして、笑顔が、消える。

「ヨシくん。君を消した後で」

ナイフを向けたまま、ジョージが走る。

俺はとっさに前に出た。しかし足元の覚束《おぼつか》ない俺の何倍ものスピードで、彼女が、動く。

「ジョージぃっ!」

「ブーディシアぁっ!」

叫びが交差する。

そしてその中に交じる、奇妙な音がある。

小刻みに、金属と金属の当たる音。筒の中を、小さな球体が動く音。

俺はその音を、知っている。

動かない右手が、スプレーを持っている。

やはり握りは頼りない。

滑り落ちそうになるスプレー。

それを受け止めたのは、彼女の左手だった。

前に伸ばした右腕。その先の手の平に、スプレーを、左手が押しつける。

動かなくなった右腕に宿った魂が。

今度は左腕へと流れ込んでいく。

傷ついても、失っても。

もう絶対に、落としたりしない。

ブーディシアの目が、ジョージを射抜く。

両手でスプレーを持つその構えは、銃に似ていた。

「涅槃《ニルヴァーナ》に落ちろ、パセリ野郎！」

叫びと共に、その腕の先から、ジョージの顔にめがけて、勢いよく塗料が吹き出された。

「うわぁっ！」

ノイズに似た音が響き渡り、ジョージの顔が、赤く染まる。

そしてその場に、膝から崩れ落ちた。

「……もうやめようぜ」

おそらくは目にスプレーが入って、ジョージは体を折って唸《うな》る。

「お前はさ……結局、自分の絵が気にいらねーんだろ。なら、自分で書くしかねーんだ。どんなに下手くそで、どんなに自分に腹が立ったって、自分を上書き《オーバーライト》できんのは、自分だけだ。あたしが書いたって、なにも変わらねーよ」

ジョージは答えない。

これで、終わりだった。

「君にはわからない。僕の気持ちは……！」

絞り出すように言いながら、ジョージは立ち上がる。

俺にはジョージの気持ちがよくわかる。

ずっと誰かになにかを託してきた、俺には。

顔を拭う腕の隙間で、鋭い目が光る。

再びナイフを構えて、近づく。

ジョージはまだ、あきらめていない。

ナイフがまっすぐに向かってくる。

きっとそうするだろう、と思っていた。

そしてそのときどうするか、俺はもう決めていた。

俺はジョージとブーディシアの間に、割り込む。

そして自分の体で、ナイフを受け止めた。

……。

その、はず、だった。

「やれやれ。こうしていると、思い出したくもないことを思い出しそうになるな」

俺の目の前にいるのは。

ジョージ、ではなかった。

大きな背中。チョコレート色の、盛り上がった腕。

「……アイオンさん!」

「待たせてすまない。警察の監視を撒《ま》くのに手間取ってね」

「ぐっ……!」

ジョージはアイオンにナイフを持った腕を摑《つか》まれ、一歩も動けていない。

「悪い子からは、キャンディを取り上げなくてはな」

アイオンはジョージの腕を捻《ひね》り上げると、ナイフはあっけなく床に落ちた。

そこから流れるような動作でジョージを拘束してしまう。

俺は思わず感嘆した。まさにプロフェッショナルの技だ。

苦しそうに息をするジョージをよそに、床のナイフを、細い手が拾い上げる。アクセサリーが、ジャラリ、と鳴る音がした。

「あらまあ《オー・ディアー》。意外といいナイフじゃない。これじゃお料理には使えなさそうだけれど」

鮮やかなベリル・グリーンの髪を揺らして、彼女はナイフを振ってみせる。

「ララさんも、来てくれたんですね」

「……君たち……なぜここに……！」

絞り出すようなジョージの質問に、ララはいつもの調子で腰に手を当て、得意気に言い放つ。

「ブーがピンチなんだから、駆けつけるに決まっているでしょう？」

「く……警察に拘束させたのに……！」

「ふん。船長《キャプテン》を舐《な》めないでよね。海軍の牢獄《ろうごく》を抜け出すなんて、レモンを絞るより簡単よ《イージー・ピージー・レモン・スクイージー》。

アイオン、市議会の犬を折檻《せっかん》しちゃって」

「了解《アイ・マム》」

アイオンはニヤリと口の端を上げると、ジョージをなめらかに地面に組み伏せ、ポケットから結束バンドを取り出し、両手両足を拘束した。

「……どうしてここがわかった」

床に転がったジョージは、憎々しげに言う。

「ベアー・ピットのジョージさんが書いたグラフィティに、この場所を示すメッセージを足しておいたんです。壁に書くのは、ちょっと緊張しましたけど」

こうなる、とわかっていたわけではないが、なにかが起きるかもしれない、とは思っていた。さすがになんの準備もせずに乗り込んだわけではない。とはいえ、アイオンが警察の監視をうまく撒《ま》いて、身柄を確保されたララが警察から出てこられるかは、未知数だったが。

「そういうわけ。エントランスも開けっ放しだし、案外抜けてるのね、策略家さん」

ララ、アイオン、そしてブーディシア。

それぞれに翻弄されたライターたちが、今、ジョージを見下ろしている。

「くっ……ブーディシア、君は書かずに生きていくのか！　そんな才能を持ちながら！」

「なに勘違いしてんだ。お前のためには書かねーって言っただけだ」

ジョージが赤いスプレーで汚れた顔を歪《ゆが》めた瞬間、遠くから甲高い音が聞こえる。けたたましい、まるで安っぽいおもちゃのレーザービームみたいな、聞こうとしなくても無理矢理耳に飛び込んでくるサイレン。

「警察か。すぐ離れよう」

「捕まったら、頭と体がバラバラにされちゃうわね」

ララはふざけて首に手をやってから、アイオンの指示でエントランスに足を向ける。

「ブーディシア、来るんだ」

「いや、あたしはまだ用がある。ふたりとも先に行け」

ブーディシアは振り返らず、ペイント・ポット・エンジェルを見つめている。

「ちょっと、ブー？　なに言って……」

ララの言葉を、アイオンは片手で制す。

「……音から判断して、警察はあと4分程度で到着するぞ」

「3分ありゃいいさ」

ブーディシアはそう告げると、真っ赤なパーカーを脱いで、腰に巻いた。

白い肩と、そして、右肘の、稲妻のような傷口が、露《あら》わになる。

「ブーディシア。君は……」

アイオンは言葉を切る。全てを悟ったことが、それだけでわかった。

「……ひとつだけ聞こう。君はなぜ書く？　壁は君に、なにを語る？」

「さあ。書いてみねーとわかんねー。お前だってそうだろ。だから書くんだ、って。そう言ってたじゃねーか」

アイオンは答えなかった。しかしその顔には、柔らかい笑みが浮かんでいた。

「行くぞ、ララ」

「でも、ブーが……」

心配そうにこちらを見つめるララと視線が合う。俺はゆっくり頷《うなず》く。

ためらいながら、それでもアイオンに促され、ララもその場を後にする。

俺とブーディシア、そしてジョージが、ホールに残される。

「よし」

気合を入れるブーディシアが、これからなにをするのか、俺はもう、わかっていた。

だから一言だけ、声をかける。

「大丈夫です」

「うん」

眩《まぶ》しいくらいに、彼女は笑った。

俺は床に転がるジョージの隣に、腰を下ろす。ゆるやかにはなったものの、腕の血はまだ完全には止まっていない。立っているのも限界だった。

俺はジョージを見る。手足を拘束されて床に転がったジョージは片方の眉を上げて、少しおどけた顔をつくった。それを見て、思わず笑ってしまう。

目の前《まえ》にいるのは、ついさっき、俺にナイフを刺した人物だけれど。

同じ人に惹《ひ》かれ、同じことを望んだということもまた、本当だ。

そしてその願いは、今、叶《かな》えられようとしている。

ブーディシアはペイント・ポット・エンジェルの逆側の台座によじ登る。カラカラと、スプレーを振る音がする。

さっきと同じように、ブーディシアは、両手でスプレーを構える。

素早く、順番に、形が作られていく。さっきまでなにもなかったところに、文字が現れる。

ブーディシアがスプレーを持ち換えて書き加えるたび、文字は命を得たように、浮かび上がっていく。

鼻を刺激する匂いと塗料の吹き出す音が、不思議に今は、心地よかった。

俺とジョージは、しばらく黙って、ブーディシアが書く様子を見ていた。

「ヨシくん」

「はい」

ジョージが話しかけて、俺が応える。

「いったい、僕にはなにが足りなかったのかなあ」

さっきまでの出来事をすっかり忘れてしまったような顔で、ジョージは言う。でも、ブーディシアが書くさまを複雑な表情で見つめるジョージを見ていたら、俺もそんなことは、忘れてしまえる気がした。最初から最後まで、単純な話だとさえ思った。

ジョージはただ、ブーディシアが、好きなのだ。

「なにかが足りなかったのでは、ないと思います」

ジョージは俺の声を聞いてちらりとこちらを見たが、すぐにブーディシアに視線を戻した。

「ライオンは、野生のほうが美しい。きっとただ、それだけの話です」

俺の言葉を聞いて、ジョージはくつくつと愉快そうに笑った。

「そうか。そうかもね」

そうこうしているうちに、ブーディシアはグラフィティに、最後のハイライトを入れる。スプレーをバックパックに投げ入れると、彼女は言った。

「できた」

それは、あの日見た色褪せたグラフィティとは、まったく違っていた。

精密に繊細に、殺意をもって書き込まれた絵と違って、目の前のグラフィティは、実に大胆で、シンプルだ。それでもそこに書かれた文字は、活《い》き活《い》きとして、今にも踊り出しそうに見える。

そのグラフィティは、ひとつのフレーズを書いていた。

ここでなら、いつだって、なにをやってもいいんだ《ヒアー・アイム・アラウド・エブリシング・オール・オブ・ザ・タイム》。

「行くぞヨシ！」

サイレンはいよいよ近づいている。ゆっくりしている暇はなかった。

「ほら」

ブーディシアは俺に、左手を差し出す。

俺がその手を掴むと、彼女は力強く握り返す。俺は彼女に手を引かれ、立ち上がった。

今すぐ警察から逃げ出さなくてはならないというのに、ブーディシアは、実に穏やかな顔をしていた。

俺たちは、言葉を交わさなかった。

そこにグラフィティがある。

それだけで、充分だった。

ブーディシアは、踵《きびす》を返《かえ》してエントランスに走り出す。彼女の背中を追いかけようとしたところで、ジョージの声が投げかけられる。

「ヨシくん！」

俺は振り向く。

「行く前に、ひとつだけ」

ジョージは寂しそうな顔をして、言った。

「巨人の洞窟《ジャイアンツ・ケイブ》には行っただろ。……僕が思うにね。ゴラムはガイストンにわざと負けたんだよ」

「ジョージさん、それは、どういう……」

「おいヨシ、早く行くぞ！」

その言葉の意味を深く考えるより先に、戻ってきたブーディシアに腕を摑《つか》まれる。

そして俺たちは、美術館を後にした。

あとには一本のナイフと、ひとりの男。そしてひとつのグラフィティが、残っていた。

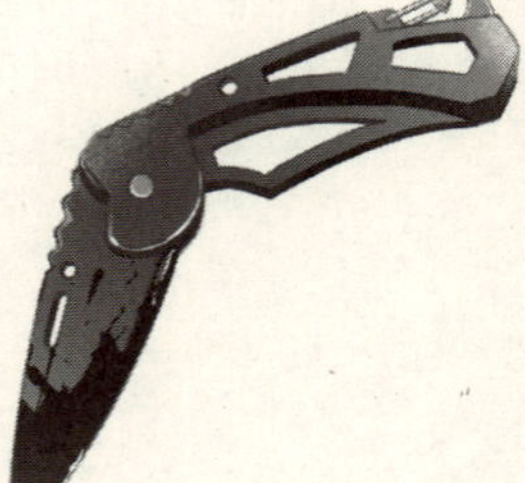

Epilogue
"Just with You"

あれから一ヶ月後。

俺はブリストル中心街で時間を過ごした後で、ブーディシアとの待ち合わせ場所に向かっていた。

「こんにちは、ウルサさん」

俺はベアー・ピットの、白と黒の熊に挨拶をする。

ブーディシアに笑われたことが、今となっては懐かしい。それ以来、なんだか習慣になってしまっていたのだった。

ベアー・ピットに下りていく階段は、今やすっかりもとの賑《にぎ》やかさを取り戻している。俺はひしめくグラフィティを横目に観察しながら、広場へと歩いていく。

グラフィティにまつわる一連の事件は、俺にとっても、そしてブリストルにとっても、大きな出来事となった。

ベアー・ピットの浄化やウルサの撤去をはじめとした市議会のグラフィティ弾圧は、一時凍結になった。市民の間で警察の突入が話題になり、その様子を収めた動画がインターネットを駆け巡り、市議会と警察の横暴に抗議が殺到したらしい。

一度は真っ白になってしまった壁も、たくさんのライターがかえって競って書くようになり、元の賑《にぎ》やかさを取り戻しつつあった。

ブリストル美術館・博物館に突如出現したグラフィティは驚きをもって報道され、ブリストルだけでなく、イギリス中の話題になった。犯人が誰なのか、バンクシー説を含めたあらゆる仮説を立てるのに、人々は夢中になっていた。

しかし、ブリストルに住むライターたちは、誰もが知っていた。あれはブリストルのゴーストが、市議会の浄化への抗議として行ったのだ、と。

報道では、美術館という公共の場にグラフィティを書いたことへの非難と、グラフィティの浄化から文化を守ろうとするメッセージへの称賛が、真っ二つに割れていた。ただひとつ、誰もが口を揃《そろ》えていたのは、そこに書かれたシンプルなグラフィティの、切実な美しさだった。

「おう、ヨシ」

「今日は腹減ってないっすか？」

広場の緑のバスから、長い首と、太った顔がのぞく。

「ジェイエフさん、ペニーさん。今日はちょっと、用事があるんです」

「なんだよつれないな。新しいトラックできたから聞いてもらおうと思ったのに」

「それは気になりますけど……データを送っておいてもらえますか？」

「やだね。現場で聞くから意味があるんだよ」

「用事ってなんすか？　あ、ひょっとして、デートだったらただじゃおかないっすよ」

「その場合はコーヒーミルでヨシを挽《ひ》くしかないな」

「ケバブにして回しながら焼いてやるっす。そんで少しずつ削《そ》ぐっす」

「そ、そういうんじゃありませんよ！　とにかく、また今度」

俺はときどきコーヒーを飲みにベアー・ピットに出かける。お腹《なか》が空いていればブリトーも頼んで、そのたびにすっかり元通りになった緑のバスで、ペニーは得意気に新作ブリトーを勧めてくれる。

ブリトーもいいけどグラフィティも書けよ、そんなんだから太るんだぞ、と笑いながらからかうジェイエフがコーヒーを持ってきてくれるたび、俺たちは少し、音楽の話をする。ジェイエフに教えてもらって、俺はマッシヴ・アタックやポーティス・ヘッドといった、ブリストルを代表するバンドについて知った。暗いブレイクビーツの上に静かな旋律が乗るそのサウンドを聞くたび、俺はこの街の美しさに思いを馳《は》せる。

「あらまあ！《オー・ディアー》　ヨシじゃない」

「ララさん」

ベアー・ピットの逆側の通路にはララがいて、ちょうどスプレーを壁に吹き付けているところだった。

「新作ですか？」

「ピースの上にタグを書いたやつがいてね。お仕置きよ」

そう言うと、ガチャガチャとベリル・グリーンのスプレーを振る。

「船長《キャプテン》も大変ですね」

「本当よ。あーあ、どこかに甲板の掃除を手伝ってくれて、私に絶対服従してくれる、活《い》きのいい乗組員はいないかしら？」

「俺はクルーじゃありませんし、そもそもライターでもないですから……」

「あら、やってみたら意外と才能あるかもよ？」

「冗談言わないでください」

「ねえ、それよりブーはどう？　私のあげた服着てる？　ブーったら全然見せに来ないんだもの。約束が違うわ」

「あー、あれですか……あれは……ちょっと目のやり場に困るっていうか……うん、喜んでましたよ」

「絶対ウソでしょう！　まあ、仕方ないわね。また今度ショップに連れていくわ。当然あなたも来るのよヨシ。ブーは論外にしても、あなただってもうちょっとファッションに美学を持つべきだわ。たとえばまずその眼鏡だけど……」

たまたまララに行き遭うと、こうして延々と話が続いて大変だ。

ベアー・ピットでは、市議会がグラフィティ規制の手を弱めたのはキャプテン・ララの功績ということになっていて、ますます結束が高まっているという話を聞いた。ララはジョージの件があったことは言えないと複雑そうにはしていたが、それでもクルーがひとつになるのはよいことだ、と、したたかに言っていた。

「……ねえ、あなただってそう思うでしょう、アイオン？」

「私は着るものにこだわりがあるほうではないのでね」

隣でララが壁に書く様子を腕組みしながら見ていたアイオンは苦笑する。その両腕の盛り上がりは、また一段と鍛えられた気がする。

警察のアイオンの監視も、結局うやむやになったと聞いた。スプレーの販売停止も早々に解かれたようだ。グラフィティ活動に復帰したアイオンは、まだまだ修行が足りない、と笑っていた。変わったことといえば、こうしてベアー・ピットにときどき顔を出すようになったこと、それから壁に書くだけではなく、キャンバスに書いたアート作品も作るようになったことだ。どこか書道のような趣もあって、ギャラリーからは好評らしい。きっとアイオンはアイオンで、自分の書く理由を、新しく見つけようとしているのだろう。

俺はふたりに別れを告げ、階段を上ってベアー・ピットを出ると、ルパート・ストリートに沿って歩いていく。道すがら、カレッジ・グリーンでピクニックをする人々と、その向こうに立つブリストル市庁舎を見て、俺はジョージに思いを馳《は》せる。

ジョージがその後どうなったのか、詳しくはわからない。店を訪れることはなくなって、連絡もつかなくなった。よくよく考えてみると、実際にジョージが犯した具体的な罪はほとんどなく、それこそ俺を刺したくらいのものだろう。他はすべて、間接的な関与にすぎない。実に周到で、ジョージらしいやり方だと改めて思った。

あのあとの美術館に警察がやってきて、きっと縛られたジョージを見つけたとは思うのだが、何者かに襲撃されたようにしか見えなかっただろう。

ブーディシア曰《いわ》く、どうせあいつのことだから、そのうちしれっと店にでも顔を出すだろう、と、思ったより軽いトーンで言っていた。俺もなんだかそんな気がするし、そうなったら普通に話せてしまいそうな気もする。

刺された俺の腕の傷はかなりの深さで、出血も酷《ひど》かった。しかし傷口を縫ってくれた医者はこう言った。普通は腕に対して垂直に刃を立てるものだが、筋肉や神経と平行に刺しているのが奇妙だ、と。結果として神経はほとんど傷ついておらず、痛みはあるものの腕や指先の動きにはまったく問題なかった。

医者の話を聞いて、俺はジョージの意図について、考えざるを得なかった。刺されはした。それは事実だ。しかし、ここまで傷が深いのは、俺が自分で刺したからだ。……ジョージは、いったいどれくらい、本気だったのだろう?

俺は美術館の一件の翌日、意を決して、ボーカルにメールを書いた。

ブリストルという街で、グラフィティと、そしてライターたちと出会ったこと。最終的に大変な事件になったこと。簡単に近況を報告するだけのつもりだったのだけれど、書きはじめたら、なんだか止まらなかった。一方的にそんな話を送りつけた後、少し考えて、日本に帰ったらまたバンドがやりたい、と言った。

返事は、思ったよりすぐに返ってきた。

そこに書かれていたのは、たった四文字の日本語だった。

〈待てない〉

それはふたつの意味に取れる。

待てないから、俺を抜いてバンドを再開するのか。

あるいは……。

その文字を見て、かえって俺は気が楽になった。

悩むことはない。どっちだっていい。時間はある。もう一度、初心者に戻ったつもりでやってみよう。

そう、問題ははっきりしている。俺がどうしたいか、だ。それなら話は簡単だ。答えを探す必要はない。他の誰でもなく、俺自身が、やがて答えに行き当たるしかないのだから。

魂、なんてものがあるとしたら。

きっとその先に、待っているものなのだろう。

カレッジ・グリーンを過ぎてからは、川に沿うように歩いていく。円筒形の水族館と、ガラス張りの科学博物館の建物を横目に見ながら、アンカー・ロードを進む。

一度通ったことのある道だ。

もう、迷うこともない。

やがてローワー・ラム・ストリートの横道に入って、煉瓦《れんが》の壁と集合住宅に挟まれた通路を進んでいくと、ゴミ捨て場になった行き止まりにたどり着く。

そこに、彼女は立っていた。

「すみません、待ちましたか？」

「おせーよ。日本人《ジャパニーズ》の時計はずいぶん精確だな」

「まだ時間前です。イギリス人《ブリティッシュ》の時計はズレてますね。蒸気で動いているんですか？」

「は、時間が進んでんだから未来に生きてんだよ」

俺は皮肉に皮肉を返す。ブーディシアは言い返しながらも、どこか嬉《うれ》しそうにしている。

ブーディシアは、結局あれから、グラフィティを書いていないようだった。いつもどおり、エイト・ビット・ワールドの椅子に座って、俺の掃除を見守りながら、気怠《けだる》げにしている。ライターとして最前線に舞い戻ることを期待していなかったと言えば嘘《うそ》になるが、自分のために書け、と言ったのは、俺だ。

書かないのなら、それでもいい。

彼女のことは、彼女にしか、決められないのだから。

そう思っていただけに、この場所が目的地だとわかったとき、俺は驚いた。

俺は、その煉瓦《れんが》の壁を見上げる。

そこにあったのは、ライオンの絵だった。勝利になによりこだわった、かつてのブーディシアの、絵。かつてはそのスプレーとは思えないほど執拗《しつよう》で精細な書き込みと、殺意さえ感じさせる迫力に圧倒された。でも今は、微妙に違った印象を受ける。

「……この絵、さ。嫌いだって言ったじゃん」

「はい」

「だから、さ。今日、上書き《オーバーライト》しようと思って」

そう言ってブーディシアは、バックパックを地面に降ろす。

なんとなく、わかっていた。

そして、それが意味するところも。

けれどそれでも、驚いたことも本当だ。

だって、彼女は。

「……あの」

「なんだよ」

「今から失礼なことを聞くので、怒らないでほしいんですけど」

「お前さあ、あたしのこと野獣かなんかだと思ってんだろ。ほんと腹立つ」

「いや質問する前から怒らないでくださいよ」

「質問する前から失礼なのが悪い。怒らねーし。野獣じゃねーし。美女だし」

「えっ」

「えっ、じゃねーよぐるぐる巻きにしてグレートウェスタン鉄道に轢《ひ》かせんぞ」

「明らかに対応が美女じゃないでしょうそれ」

「いいからなんだよ！　言えよ！　気になる！」

俺は小さく息をついて、覚悟を決めてから、尋ねる。

「……書けるんですか？」

「ナメんな。書けなきゃ来ねーだろ」

意外にも得意気に、ブーディシアは言う。

「この一ヶ月、あたしがなにしてたと思ってんだよ」

「いえ、知りませんけども」

「なんでだよ！」

「だって、なにも言ってくれないじゃないですか」

ブーディシアは、俺の反論を聞いて、少し考える。

「……そうかも」

「そうですよ」

彼女はいつも、肝心なときに言葉が足りない。今の反応を見る限り、あまり自覚がないということもよくわかった。まったく、野良猫の割に手がかかる。いや、野良猫だから、か。

もちろん、今の話で、もうわかってはいる。

この一ヶ月、彼女がなにをしてきたのか。

「ヨシ」

「はい」

「……怒ってる？」

ブーディシアは体を傾けて、俺の顔を覗《のぞ》き込《こ》む。いつにない表情にドキリとするが、悟られないように俺は横を向く。

「怒ってません。ただ」

「ただ？」

「教えてほしかったなと思って」

たとえ彼女が密《ひそ》かにリハビリと練習に励んでいたことを知っていたとしても、直接的には俺にできることはなにもなかっただろう。

それでも、ブーディシアと出会って、グラフィティを知って、いろいろなことがあって。

彼女がいたから、俺はもう一度、音楽に向き合おうと思った。

だから俺も、なにか、彼女の力になりたかった。

たとえそれが、ささやかなものであっても。

「それは……なんていうか……その、だな……」

「はい?」

「びっくりさせよう《サプライズ》と思ったの!」

予想外の理由に、俺は理解に時間がかかり、そして理解した瞬間、つい、笑ってしまった。

「くそっ、笑うなよ! あーもうやっぱ言うんじゃなかった」

「すみません」

少しだけ滲《にじ》んだ涙を拭いながら、俺は謝る。

笑ったのは、面白かったから、ではない。

そう、単純に、嬉《うれ》しかったからだ。

「もう! いいから、ちょっとそこで見てろ。あ、もうちょっと後ろ。うん。飛ぶかもしれねーから」

俺に指示を出しながら、バックパックからスプレーを取り出して、左手で勢いよく上下に振る。金属球が内部の塗料を撹拌《かくはん》するガチャガチャという音が、小刻みに響く。

彼女はそのまま、左手でスプレーを持つ。

十分になれているとは言えない。けれど、練習してきたのもわかる。

失ったものを受け入れて。魂を引き継いで。

今あるもので、書いていくことを選んだのだ。

「書くぞ」

「はい」

「書くからな」

「ええ」

「本当に書くぞ」

「ブーさん」

「なんだよ」

「緊張してますね」

「……ちょっとだけ。壁にはまだ、書いてないから」

無理もない。美術館のグラフィティは、特殊な状況だった。それが一ヶ月前だ。その前に壁に書いたのは、おそらくはその腕を刺されたときということになる。

けれど。

「大丈夫ですよ」

「……うん」

そう言う彼女の口元には、微笑《ほほえ》みが浮かんでいた。

まっすぐに壁を見据えて、彼女はスプレーを構えると、ノズルを押す。

いったん書きはじめてからは、速かった。最初はタグからはじめるのかと思ったが、スローアップも通り越して、いきなりマスターピースからやる気らしい。

全身を使って、何度もスプレーを持ち替えて、彼女はグラフィティを形にしていく。最初は単なるぼんやりしたスプレーの軌跡にしか見えないものが、別の色を書き加えられるたび、新たな意味を持って、浮かび上がってくる。

俺はその様子を見守るうち、ふと、ジョージの言葉を思い出す。

思うにね。ゴラムはガイストンに、わざと負けたんだよ。

奇妙な台詞《せりふ》だった。どうして最後に、あんなことを言ったのだろう。

わざと、負けた。

誰が、誰に？

ぼんやりとしたイメージは、急速に焦点を結んでいく。

ふたりの巨人。ひとりの姫君。

もしかしたら、今この瞬間、ブーディシアが書いていることも、そしてそれを俺が見ていることも、すべて、ジョージの思惑どおりなのかもしれない。

真相を確かめるすべはない。そして多分、確かめることに意味もない。

今、ブーディシアがここにいること。

そして彼女がグラフィティを書いているということ。

それだけがすべてのはずだ。

俺にとっても、そして、ジョージにとっても。

「できた《ダン》」

ブーディシアの声で、俺は我に返る。

彼女は最後に持っていたスプレーをバックパックの中に放り投げると、少し離れたところで見ていた俺の隣に並んだ。

俺たちはふたりで、完成したグラフィティを見る。

これまでにないくらい鮮やかな色彩が、目に飛び込んでくる。暗く重苦しかった元のグラフィティと、同じ人物が書いたとは思えないくらいだ。

縦に、横に、あらゆる方向に入り乱れるストロークが、ひとつの塊になって像を結ぶ。

それは精密でもなければ、精細でもない。

荒々しくコントロールできない勢いは、けれどそれゆえに、自由で、そして、美しかった。

「……あ、いけね、サイン忘れた」

そう言って、白いスプレーを取り出しガチャガチャと何度か振ると、隅にオバケの姿を書き足す。

俺はブーディシアの横顔を、そっと窺《うかが》う。

なにせ、左手を使いはじめて一ヶ月だ。まだまだ、出来としては不本意なはず。けれど自分の作品を見つめるその表情は、どこかあたたかく、満足げだった。

「驚《サプライズド》いた？」

「驚《アメイジング》きました」

本心だった。

ここまで書ける、ということもそうだけれど。

それ以上に、こんなに明るく軽やかに書いてみせるその変化に、俺は驚いていた。

「なあ、ヨシ」

「なんですか」

「あたしたち、なんでこんなことやってんのかな」

グラフィティを眺めたまま、ブーディシアは呟《つぶや》く。

「壁に書いて、上書《オーバーライト》きされて、すぐ消えて。誰に頼まれたわけでもねーのに、こんなに傷ついて、苦労して。なにやってんだろ」

「……どうしてでしょうね」

この世界に、グラフィティなんて、なくてもいいのかもしれない。

グラフィティだけじゃない。音楽だって、なんだってそうだ。

俺たちは、およそこの世界に必要ないものにばかり惹《ひ》かれ、人生を費やしていく。

なぜなのか。

ブーディシアと出会ったときの俺は、きっと答えられなかっただろう。

けれど、今なら、なんとなく、わかる気がする。

誰にも望まれなくたって、俺たちはきっと、作り続ける。

そして俺も彼女も、きっと少しずつ変わっていく。

日常の中で自らを塗り替え続けて、よりよい自分になっていく。ときどき少し長めに壁に残ることはあったとしても、俺たちは永久に、完成することはないのだろう。

でも、多分、それでいい。

俺たちはグラフィティと同じだ。遅かれ早かれ、生を使い果たして、いつか消えていく。けれど、いやむしろだからこそ、自分を更新し続ける。

誰かのためでもなく、勝つためでもなく、自分が美しいと思うもののために。

俺たちは、上書き《オーバーライト》する。

自分を、そして、世界を。

だからそう。なぜかと聞かれれば。

「生きているから、ですかね」

「……そっか。そうかもな」

金色の髪を揺らして、彼女は笑う。

俺はその姿を、美しい、と思う。

でもその本当の美しさは、一瞬しか現われない。

自分の満足いくものを書いた、そのときにだけ、この街に生まれる存在。

俺だけが見ることのできる、どうしようもなく儚《はかな》い姿。

それが、それこそが。

俺にとっての、ブリストルの幽霊《ゴースト》なのだ。

「あーあ。がんばって書いたら腹減った。まだ思うように動かねーもんな」

彼女はうーんと伸びをして、床に置いたバックパックを背負い直した。

「あのさ。ちょうど昼だし、メシでも食いにいかね」

「いいですよ。なに食べます？」

「肉！」

「具体的なようで抽象的ですね……。そういえば、この間ララさんと川沿いに行ったとき、よさそうな店を見かけましたよ」

「えっ」

「あっ」

「あたしそれ知らないんだけど」

「えーと、いや、その、あのときはいろいろ事情があってですね」

「ふーん。もう知らねー。そんならまたララと行けばいいじゃん」

「ちょっと待ってくださいよ」

「やだ《ネバー》！」

走って逃げるブーディシアを、俺は追いかける。
壁に書かれたグラフィティは、太陽の光に照らされて、鮮やかに輝いていた。

OVERWRITE : THE GHOST OF BRISTOL
THE END.

あとがき

はじめまして、池田明季哉《いけだあきや》です。この小説を書きました。

僕は2018年から2019年にかけての1年間、イギリスのブリストルに住んでいました。そのときの経験から生まれたのが、この物語です。この小説には実在の場所やグラフィティをたくさん書き留めてありますし、ベアー・ピットの浄化は、僕の滞在中に本当にあった出来事です。ブーディシアも、ヨシも、ララも、アイオンも、ジョージも、きっとあの街のどこかにいる。いつか足を運んだ際は、ぜひ、探してみてください。

この本は、多くの人が関わって完成しました。まず、電撃大賞選考委員のみなさまに評価していただかなければ、作品が世に出ることはありませんでした。担当編集のおふたりは、新人で右も左もわからない僕にいつも的確な助言をくれ、全体の指揮を執ってくださいました。仲良くしてくれている第26回の同期の存在は、いつも励みになっています。みれあさんの美しくファッショナブルなイラストがキャラクターに血肉を与えてくれて、アルコインクのデザイナーさんが手掛けた鮮烈なビジュアルが、作品の世界観を形にしてくれました。他にも読む人の手元に本が届くまで、たくさんの人の助けを借りています。ありがとうございました。

この場を借りて、個人的な感謝も述べさせてください。20年来の友人であり、第25回電撃大賞を受賞し一足先にデビューした村谷由香里《むらたにゆかり》に、特別の感謝を。あなたの背中を追いかけ、とうとう授賞式で握手をしたあの日のことは、決して忘れません。かつて一緒にバンドを組んでいた友人、宮下遊《みやしたゆう》にもお礼を。君のアドバイスがなければ、賞は取れなかった。それに趣味を同じくするおもちゃの世界の友人たちも、いつも応援してくれました。僕の想像力は、ダイアクロンやミクロマン、トランスフォーマーといったおもちゃを通じたみんなとの遊びに鍛えられました。これからも「遊びは文化」という言葉の真の意味を問うべく、力を貸してください。

もちろん、小説を読んでくれた家族と、関わってくれたすべての友人、それからいつも一緒にいてくれる妻と娘に、最大の愛を。

なにより、ブリストルという街と、そこで今も書き続けるグラフィティ・ライターたちに、敬意を表したい。この小説は、グラフィティという文化を軸にして出来上がりました。その素晴らしさ、美しさ、尊さの一端でも伝えられていれば、嬉《うれ》しく思います。

すべてのグラフィティが、いや、ひょっとしたらすべてのアートがそうであるように、この小説もまた、ある意味では上書《オーバーライト》きされる運命にあります。もっともっと素敵な物語を紡《つむ》ぐべく、たくさんの人の協力を得ながら、これからも自らを書き換え続けていきたいと思います。

最後に、今、この文を読んでくれているあなたへ。

今度はきっと、新しい壁の、新しい絵で、再びお会いしましょう。

See you later, alligator!

池田《いけだ》明季哉《あきや》

BOO
ブーディシア

Author's Comment

ブリストルの路地裏で、真剣な面持ちでグラフィティを書いている彼女に話しかけるのは、相当な勇気がいりました。最初はかなり警戒されましたが、僕が「日本人で小説を書いている」と伝えると、「日本人の友達がいる」と言ってヨシくんを紹介してくれました。思えばあのとき、すべてが始まった。スニーカーにはこだわりがあるらしく、彼女が実際履いていたモデルとカラーを指定して、イラストレーターさんに描いてもらいました。

Author's Comment

故郷から遠く離れたブリストルで、まさか自分と同じくギターを演奏する友達ができて、しかもレトロゲームで遊ぶことになるとは！　ヨシくんがたまたま日本人でなければ、グラフィティについてこんなに深く考えることはなかったし、一連の事件について知ることもなかったでしょう。今回の物語には出せませんでしたが、連れて行ってくれたライブハウスの様子や、彼の音楽活動についてなども、いずれ書いてみたいと思います。

Yoshi

ヨシ

ララ

Lara

Author's Comment

僕がベアー・ピットでグラフィティの写真を撮っているとき、話しかけてくれたのがララでした。その風体にはかなり驚き、犯罪に巻き込まれないかと身構えましたが、話してみると実に親切で気さくな女性でした。作中のグラフィティの描写は、実際の彼女の作品を元にしています。一線で活躍する彼女が語るバンクシーの話は、実に重みがありました。ごちそうしてくれたベアー・ピットのコーヒーの味は、忘れられません。

Author's Comment

ブーディシアとヨシくんに紹介してもらったはいいものの、最初はあまりの迫力に、言葉が出ませんでした。けれど僕が日本人とわかると日本語で挨拶してくれて、打ち解けることができました。穏やかで優しい人です。本人はサングラスをかけていなかったのですが、キャラクターとしてわかりやすくするために追加させてもらいました。一応許可を取ったのですが、不思議そうな顔をして「As you wish!」と笑っていました。

Author's Comment

ジョージについては、結局滞在中に本人と会うことはできませんでした。なので作中の描写のほとんどが、ブーディシアとヨシくんから聞いた想像です。いつかまたブリストルに行くことがあればぜひ顔を合わせてみたいところですが、なんとなく難しいのではないかな、という予感もしています。出会う人がいれば、出会えない人もいる。それもまた、偶然の織りなす縁なのかもしれないな、と思います。

◉池田明季哉著作リスト

「オーバーライト　――ブリストルのゴースト」（電撃文庫）

本書に対するご意見、ご感想をお寄せください。

ファンレターあて先
〒102-8177　東京都千代田区富士見2-13-3
電撃文庫編集部
「池田明季哉先生」係
「みれあ先生」係

本書は第26回電撃小説大賞で《選考委員奨励賞》を受賞した『グラフィティ探偵――ブリストルのゴースト』を改題・加筆・修正したものです。

電撃文庫

オーバーライト
——ブリストルのゴースト

池田明季哉《いけだあきや》

2020年4月10日　初版発行

発行者　郡司 聡
発行　株式会社KADOKAWA
〒102-8177　東京都千代田区富士見2-13-3
0570-06-4008（ナビダイヤル）
装丁者　荻窪裕司（META＋MANIERA）
印刷　株式会社暁印刷
製本　株式会社ビルディング・ブックセンター

ISBN978-4-04-913018-8　C0193　Printed in Japan

電撃文庫　https://dengekibunko.jp/

電撃文庫創刊に際して

文庫は、我が国にとどまらず、世界の書籍の流れのなかで〝小さな巨人〟としての地位を築いてきた。古今東西の名著を、廉価で手に入りやすい形で提供してきたからこそ、人は文庫を自分の師として、また青春の想い出として、語りついできたのである。

その源を、文化的にはドイツのレクラム文庫に求めるにせよ、規模の上でイギリスのペンギンブックスに求めるにせよ、いま文庫は知識人の層の多様化に従って、ますますその意義を大きくしていると言ってよい。

文庫出版の意味するものは、激動の現代のみならず将来にわたって、大きくなることはあっても、小さくなることはないだろう。

「電撃文庫」は、そのように多様化した対象に応え、歴史に耐えうる作品を収録するのはもちろん、新しい世紀を迎えるにあたって、既成の枠をこえる新鮮で強烈なアイ・オープナーたりたい。

その特異さ故に、この存在は、かつて文庫がはじめて出版世界に登場したときと、同じ戸惑いを読書人に与えるかもしれない。

しかし、〈Changing Times,Changing Publishing〉時代は変わって、出版も変わる。時を重ねるなかで、精神の糧として、心の一隅を占めるものとして、次なる文化の担い手の若者たちに確かな評価を得られると信じて、ここに「電撃文庫」を出版する。

1993年6月10日
角川歴彦

電撃文庫DIGEST　4月の新刊

発売日2020年4月10日

★第26回電撃小説大賞《銀賞》受賞作!

少女願うに、この世界は壊すべき
~桃源郷崩落~

【著】小林湖底　【イラスト】ろるあ

「世界の破壊」、それが人と妖魔に虐げられた少女かがりの願い。最強の聖仙の力を宿す彩紀は少女の願いに呼応して、千年の眠りから目を覚ます。世界にはびこる悪鬼を、悲劇を打ち砕く痛快バトルファンタジー開幕!

★第26回電撃小説大賞《選考委員奨励賞》受賞作!

オーバーライト
――ブリストルのゴースト

【著】池田明季哉　【イラスト】みれあ

ブリストルに留学中の大学生ヨシはある日バイト先の店頭に落書きを発見する。普段は気怠げ、だけど絵には詳しい同僚のブーディシアと犯人を捜索するうちに、グラフィティを巡る街の騒動に巻き込まれることに……

魔法科高校の劣等生㉛
未来編

【著】佐島 勤　【イラスト】石田可奈

水波を奪還し、日常に戻りつつある達也と深雪。しかしそれはつかの間のものでしかなかった。USNAのエドワード・クラークが、新ソ連のベゾブラゾフが、そしてもう一人の戦略級魔法師が達也を狙う!

ソードアート・オンライン オルタナティブ
ガンゲイル・オンラインX
―ファイブ・オーディールズ―

【著】時雨沢恵一　【イラスト】黒星紅白
【原案・監修】川原 礫

熾烈極まる第四回スクワッド・ジャムの死闘から約一週間後。『ファイブ・オーディールズ』、すなわち"5つの試練"の意味を持つ謎のクエストに、レンたちLPFMはボス率いるSHINCとの合同チームで挑む!

娘じゃなくて私《ママ》が好きなの!?②

【著】望 公太　【イラスト】ぎうにう

歌枕綾子、3ピー歳。娘は最近、幼馴染の左沢巧くんといい感じ……かと思いきや。タッくんが好きだったのは娘じゃなくて私で……え?　デ、デート!?
まだ心の準備が――!!

ネトゲの嫁は女の子じゃないと思った? Lv.21

【著】聴猫芝居　【イラスト】Hisasi

ネトゲは終わらないと思った?……残念!　どんなものにも終わりはきます!　一年前のあの日を思い出しながら、残念美少女・アコ、そしてネトゲ部のみんなと過ごす、サービス終了直前のホワイトデーを楽しむ、第21弾!

AGI -アギ- Ver.2.0
バーチャル少女は踊りたい

【著】午鳥志季　【イラスト】神岡ちろる

記憶を引き継ぎ、新たなAIとして蘇ったバーチャル少女アギ。もうあんな悲劇は起こさない、そう誓う西機守だったが、ある少女との出会いをきっかけに、アギがVチューバーとして再デビューしたいと言い出して……?

新作
Re:スタート!転生新選組

【著】春日みかげ　【イラスト】葉山えいし

幕末に転生し、剣術『娘』だらけの新選組に入隊した俺。『死に戻り』の力を手にした俺は、新選組の、何より土方さんの運命を変えるため、死地へと向かう決意をする。圧倒的カタルシスで新選組を救う歴史改変ストーリー!

新作
急募:少年ホムンクルスへの愛がヤバい美少女錬金術師を何とかする方法

【著】三鏡一敏　【イラスト】ハル犬

罠にかかり《身体を奪われて》しまった戦士イグザス。いきつけの店の少女錬金術師・リコラが作った人造生命体(ホムンクルス)に魂を移すことで九死に一生!　だが少年の姿になった彼に注がれるリコラの視線は――!?

第26回電撃小説大賞受賞作好評発売中!!

《大賞》

声優ラジオのウラオモテ
#01 夕陽とやすみは隠しきれない？

著／二月 公　イラスト／さばみぞれ

「夕陽と～」「やすみの!」「「コーコーセーラジオ～!」」
偶然にも同じ高校に通う仲良し声優コンビがお届けする、ほんわかラジオ番組がスタート！　でもその素顔は、相性最悪なギャル×陰キャで!?
前途多難な声優ラジオ、どこまで続く!?

《金賞》

豚のレバーは加熱しろ

著／逆井卓馬　イラスト／遠坂あさぎ

異世界に転生したら、ただの豚だった!
そんな俺をお世話するのは、人の心を読めるという心優しい少女ジェス。
これは俺たちのブヒブヒな大冒険……のはずだったんだが、なあジェス、なんでお前、命を狙われているんだ?

《銀賞》

こわれたせかいの むこうがわ
～少女たちのディストピア生存術～

著／陸道烈夏　イラスト／カーミン@よどみない

知ろう、この世界の真実を。行こう。この世界の“むこうがわ”へ ――。
天涯孤独の少女・フウと、彼女が出会った不思議な少女・カザクラ。独裁国家・チオウの裏側を知った二人は、国からの《脱出》を決意する。

《銀賞》

少女願うに、この世界は壊すべき　～桃源郷崩落～

著／小林湖底　イラスト／ろるあ

「世界の破壊」、それが人と妖魔に虐げられた少女かがりの願い。最強の聖仙の力を宿す彩紀は少女の願いに呼応して、千年の眠りから目を覚ます。世界にはびこる悪鬼を、悲劇を蹴散らす超痛快バトルファンタジー、ここに開幕!

《選考委員奨励賞》

オーバーライト
――ブリストルのゴースト

著／池田明季哉　イラスト／みれあ

――グラフィティ、それは儚い絵の魔法。ブリストルに留学中のヨシはバイト先の店頭に落書きを発見する。普段は気怠げだけど絵には詳しい同僚のブーディシアと犯人を捜索していく中、グラフィティを巡る騒動に巻き込まれることに……

第26回電撃小説大賞受賞作特設サイト公開中　http://dengekitaisho.jp/special/26/

二月 公
イラスト／さばみぞれ
声優ラジオのウラオモテ
#01 夕陽とやすみは隠しきれない？
オモテは元気＆清楚なアイドル声優／
ウラはギャル＆根暗地味子な女子高生!?
プロ根性で世界をダマせ!
バレたらアウトの声優ラジオ
Now On Air!!
第26回
電撃小説大賞
大賞
受賞
電撃文庫